JN124319

小狐丸

KOGITSUNEMARU

サラ
聖域に住む幼女その１。
猫人族で年齢は６歳。
タクミ
ちょっぴり臆病な本作の主人公。
剣と魔法の異世界に転生したが、
喧嘩もしたことがないので
生産職を究めようと決意する。
ロッド
ロックフォード家の
嫡男。剣の腕は
いかほど……？
登場人物紹介
CHARACTERS

ミリ
7歳の
ケットシーの
女の子。
ララの姉。
ララ
聖域に住む
幼女その2。
妖精種の
ケットシー。
年齢は5歳。
エリザベス
ボルド男爵夫人。
心労がたたって
臥せっていた。猫好き。
フリージア
ソフィアのお母さん。
考えるより先に
行動しちゃうタイプ。
ソフィア
タクミの
護衛を務める
エルフの剣士。
タクミの奥さんに
なった。

1　農作業を手伝おう

僕、タクミが聖域に植えた美しい桜の木。故郷のソメイヨシノを思わせるその大樹のもとで、僕らは楽しくお花見をした。

日々生きるのに精いっぱいで娯楽がほとんどない。それが当たり前のこの世界で、少しでもみんなを楽しませる事が出来て良かった。

ところが何故かその噂は周囲に漏れ伝わってしまい、ボルトン辺境伯の屋敷、ロックフォード伯爵の屋敷、さらにはバーキラ王国の王城にまで、桜を植えさせられる事になった。

あと、そのせいかわからないけど、バーキラ王国中の貴族から僕への縁組の申し込みが殺到して、大変な事に。

そんなわけで、僕は縁組の対応をバーキラ王国の宰相のサイモン様にすべて押しつけ、少し世俗から離れて頭を空にしようと聖域の田植えを手伝う事にしたんだけど……

◇

聖域では様々な作物が育てられている。小麦や米などの主食となる穀物、野菜類や果物類、森や林の恵みである木の実やキノコ類なんかもたくさん採取出来る。さらに竹林からは筍まで採れたりする。

ありがたい事に聖域では、連作障害が存在しない。これは植物の大精霊ドリュアスと土の大精霊ノームのおかげなんだけど、肥料にもさほど気を遣わなくても大丈夫なのだ。まあ、まったく肥料が必要ないわけじゃないけどね。

ノームやドリュアスによると、土の状態を整えるのは手間でもないらしい。大精霊とその眷属の多くの精霊達が力を貸してくれているから、人数が少ない聖域でも無理なく農作業が出来るのだ。

少し温んだ水が張られた田んぼに足を踏み入れると、柔らかな土の感触が妙な感じだ。

「キャハハハハッ！　楽しーい！」

「凄いな、カエデ」

上半身は可愛い女の子で、下半身が蜘蛛のS級の魔物、アラクネであるカエデが田んぼの感触に声を上げている。

蜘蛛の八本脚は田んぼでは最強だ。

僕達の中には、農業に詳しかったりちゃんと経験を積んでいたりする者はいない。兎人族のマーニと狐人族レーヴァは田舎出身なので農作業経験があるみたいだけど、小麦や野菜などを多少育てていた程度で、お米は僕の所に来てから初めて口にしたという。だから田植えなんて初体験なのだ。

そんなわけで、みんな楽しそうに稲の苗を植えている。

「レベルが上がってステータスが高くなると、こういう農作業もへっちゃらね」

「へっちゃらですニャ」

僕と同じく日本を故郷に持つアカネと、その従者の猫人族の女の子、ルルちゃんも泥まみれになって苗を植えている。

今日は聖域住民総出で田植えなので、マッポ、ポポロ、ミリ、ララのケットシーの親子、ワッパとサラの猫人族の兄妹、コレットとシロナの人族の姉妹、エルフのメルティーさんと娘のメラニー、マロリー姉妹といった聖域初期に僕が保護した住民達もいて、みんな楽しそうに田植えをしている。

エルフのメルティーさん親子は、普段果樹園の管理を仕事にしてるけど、田植えや稲刈りの時期は手伝いに来てくれているとの事。

ちなみに、この大陸では小麦で作ったパンが主食の地域が多く、お米を作っている地域はごく一部だ。聖域も最初は穀物では小麦や大麦、トウモロコシの栽培だけだったけど、お米を食べたいという僕のわがままで稲作が始まったのだ。

その割に僕は一度も農作業を手伝ってなかった……忙しかったんだ。仕方ないじゃないか。

聖域にある田んぼの面積は広いので、住民総出といえど、そんなにすぐには終わらない。早朝から始めた田植えでも、たぶん全体の三分の一も終わっていない。

　ちょうど休憩を取りたくなったタイミングで、僕の奥さんの一人であるマリアが家のメイド達と一緒に昼食を持ってやって来た。

「タクミ様、皆さん、お昼にしましょう！」

　みんなが嬉しそうに反応する。

「わーい！　お腹空いたー！」

「「「はーーい！」」」

「もうそんな時間なんだ。お昼休憩にしようか。じゃあ、みんな僕の周りに集まってね。いくよ、ピュリフィケーション！」

　僕は泥だらけになったみんなを近くに集めて、浄化の魔法を使う。

　光が僕達を包み、泥汚れが嘘のようにキレイになった。

「お兄ちゃんありがとうー！」

「ありがとうー！」

　ミリ、ララのケットシー姉妹が僕の腰に抱きついてお礼を言ってくる。

　人の部分が多い猫人族と違い、全身毛に覆われているケットシーのミリとララは、泥を落とすのが大変だ。だけどそれも問題ない。浄化魔法なら、毛の間に入り込んだ泥汚れもキレイになるからね。

　メイド達がシートを敷いて昼食の準備をし始め、僕らもそれを手伝う。

この聖域に来た頃だったら、「これは私達の仕事ですから」と言ってメイド達は僕の手伝いを断っただろうけど、今ではこういうユルい関係が普通になっている。

みんなでワイワイ楽しみながら準備をする。

「皆さん、たくさん用意してあるので遠慮なく食べてくださいね！」

マリアが料理の入った容れ物を並べつつ、食べるのを勧める。すると子供達は歓声を上げ、我先にと手を伸ばしていった。

マリアが用意してくれたのは、唐揚げ、フライ、煮物などの色々なオカズとおにぎり。パンが好きな人のためにサンドイッチもある。

他の住民もそれぞれにお料理を持ち寄って、みんなでお昼ご飯を楽しんでいる。

快晴の空の下、たまにはこんなのもいいな。

2　娯楽

聖域の住民と田植えをして、みんなと青空の下ご飯を食べて、久しぶりに純粋に楽しめた。

それで改めて思ったのは、この世界の娯楽の少なさ。農作業を楽しめるならそれはそれでとても良い事だが、やっぱりどうもね。

ちなみに聖域には僕の造った音楽堂があって音楽活動はそれなりに盛んなんだけど、楽器が苦手な人もいるだろうし、娯楽が音楽だけなのは少し寂しい。

だから――

◇

ゴゴゴゴゴォォォォー‼

聖域の居住区から少し離れた場所に、大きな建物が出来上がる。建物自体はシンプルな箱型構造で、中の広さはなかなかのものだ。

建物の中に入り、その場に調達してあった木材をどんどん積み上げていく。

「さて、傾斜は調整しながら決めよう」

木材に魔力を流し、出来上がりをイメージして魔法を発動する。

「錬成（れんせい）！」

幅が一メートルくらいで、長さは二十メートルと少しくらい。細い板がすっと伸びた、いわゆるレーンが出来上がった。

「たぶん、こんな感じだったと思うんだけど、違ったら修正しないとな」

そう、僕は聖域にボウリング場を造っているのだ。

これは、みんなで二日かけて田植えを終えたあとの話なんだけど――

リビングのソファーに座り、メイドの淹れてくれたお茶を飲んでいた時、アカネが唐突に言い出した。

「あ～～！　ボウリングしたい！」

「どうしたんだよ、いきなり」

何の脈絡もなくそんな事を言うアカネに聞く。どうせ、気まぐれに思いついた事をそのまま口に出したんだと思うけど。

「ねえ、タクミ。ボウリング場造ってよ」

「いや、意味がわからないよ」

「タクミだって、この世界に娯楽が少ないって思うでしょう？　ないなら作ればいいのよ」

「いや、作ればいいって……」

「ボウリングって何ですニャ？」

ルルちゃんは初めて耳にした「ボウリング」という言葉に興味を持ったらしい。待ってました！　とばかりにアカネが説明をすると――

「それ、楽しそうですニャ！」

「そうでしょ、そうでしょう！」

「私もしてみたいです、ボウリング！」

「私も興味があるであります！」

「マスター、カエデもボウリングしたーい！」

アカネのプレゼンが上手かったのか、よっぽど娯楽に飢えているのか、ルルちゃんだけじゃなくマリア、レーヴァ、カエデまでが乗り気になってしまった。

でも、僕は頭を抱える。

「う〜ん、僕はボウリング下手くそだったからなぁ」

すると、アカネがズンッと詰め寄ってくる。

「何も、タクミにボウリングしろって言ってるわけじゃないでしょ。アンタはボウリング場を造ってくれればいいのよ！」

「はぁ、わかったよ。みんなが楽しめるならそれもアリだしね」

「「「やったー!!」」」

という事で、ボウリング場を造る事になった。


僕が建物とレーンを造っている間に、レーヴァがボウリングのピンとボールの製作に取り組んでくれた。

ピンの素材は木で問題なかったけど、ボールの素材は少々面倒だった。

ボウリングのボールが木製というのは、何だか違う気がする。実際にはプラスチックとかが使われたりするみたいなんだが、流石にそれは無理かな。石油を探しに行くところから始めないとダメだからね。

そんなわけでドリュアスに、プラスチックみたいな樹脂の採れる木はないか相談してみた。

「お姉ちゃんに任せて〜」

「う、うん。頼むよドリュアス」

「私達もボウリング？　っていうの、楽しみだからいいのよ〜」

これであっという間にボールの素材の問題は解決した。レーヴァには、重さを変えてある程度の数を作るようお願いしておく。

そして僕は建物の中に十レーン造ると、ピンを自動で並べる装置と、投げたボールが戻ってくる装置の開発に移る。

まあ、どちらの装置もゴーレムを造る事に比べれば何て事はない。動力として使用する魔石も小さな物で大丈夫だ。一応トラブルがあった時のために、各レーンの裏側に控えてもらう人型のメンテナンス作業用ゴーレムを一体造っておこう。

点数が自動で計算されてモニターに……というのは流石に無理だから、自分達で計算して紙に手書きしてもらうしかないかな。

一通り造り終え、テストのために何度かボールを投げてみる。

改めてこの身体の優秀さを実感したよ。うん、やっぱり上手く投げられると楽しいね、ボウリング。

アカネとソフィアにもテストしてもらい、レーンやボールの出来の確認、ピンを並べる装置と投げたボールを戻す装置のチェックを続けたのだった。

あっという間に、ボウリング場が完成した。

聖域中で話題になっていたのか、ボウリング場オープンの日には、施設に多くの住民が押し寄せ、長い列を作っていた。

「タクミは建物の増築とレーンの追加、レーヴァはボールとピンを追加でお願いね」

「はい」

「はいであります」

自分達だけでレーンを占領するわけにもいかないと、アカネにボウリング場の拡張を指示された。

もちろんそれだけではなく、専用のマイボールまで要求される始末。そうなると他の人も欲しい欲しいとなるのが人情というもの……

僕とレーヴァが忙しくなったのは言うまでもない。

◇

聖域に暮らす多くの住民が、ボウリング場に集まっていた。

ボウリングは聖域住民に熱狂的に受け入れられ、聖域は今、空前のボウリングブームに沸いている。

連日ボウリング場は賑(にぎ)わい、軽食やドリンクを扱う売店を出したいという人がいたので、急ぎで休憩コーナーまで増設した。


ゴロゴロォォォーー！　バッキャァーーン！

「クッ、スプリットじゃと」

「フフフッ、ノームったら。力ずくで投げればいいってものでもないのよ」

「そう、コントロールが大事なのよ」

ゴロゴロォォォーー！　バッキャァーーン‼

「キャアーー！　ストライクよ！」

「クッ、小娘に負けてられるか！」

ノーム、水の大精霊ウィンディーネ、風の大精霊シルフがボウリングで楽しそうに遊んでいる。

少々熱くなりすぎている気はするけど……

ボウリング場オープンから皆勤賞(かいきんしょう)で通っているのは彼女達、大精霊だ。

住民達は仕事を持っているけど、大精霊達は基本的に好きな事をして暮らしているだけだからね。暇はいくらでもある。

そして当然、アカネはルルちゃんやレーヴァとともに入り浸る事になった。結果として、レーヴァがやっていた、パペック商会に納品するポーション類作りは僕がやる事に。まあこれは、僕本来の仕事だからいいんだけど。レーヴァも楽しそうだし。

ちょっと驚いたのが、ソフィアとマーニまで熱心に練習している事。どうしたのかと聞いてみると、予想外の答えが返ってきた。

「ソフィアとマーニもボウリングにハマったの？　楽しんでくれるのは嬉しいけど」

「楽しんでいるのは間違いありませんが、これはボウリング大会に向けての練習です」

「ボウリング大会？」

「はい。アカネさんがボウリング大会を開催すると言っていましたので」

「アカネが？　……まあ、みんなが楽しめるイベントだし、いいか」

ボウリング大会と聞いて、サラリーマン時代の会社のレクリエーションを思い出した。それはさておき、ソフィアとマーニの取り組み方が真剣な事に首を傾げる。

「えっと、随分と熱心に練習してるんだね」

「はい。優勝者には副賞でタクミ様からご褒美をいただけるので」

「……副賞でご褒美？」

「はい。アカネさんが、何でも一つ望みを聞いてもらえると言ってました」

「……ふ、ふ～ん。が、頑張ってね」

「「はい！」」

二人が何を希望するのかわからないけど、まずは勝手に僕からの褒美を副賞にしたアカネに話を聞かないと！


ボウリング場を捜してもアカネは見つからなかったので、諦めて屋敷に戻った。すると、リビングのソファーでダラけているアカネを見つけた。

「アカネ、ボウリング大会をするって聞いたよ」

「ああ、タクミ、そういう事だからよろしくね」

「ああ、って、そうじゃなくて！　優勝の副賞で僕からご褒美をもらえるって聞いたんだが」

「そうよ。優勝者に賞金や賞品だけじゃ、盛り上がりにイマイチ欠けると思わない？　そこでタクミが何でも一つ望みを叶えてくれるってなれば、意気込みが違ってくるでしょ」

「はぁ～、せめて先に言ってほしかったよ」

既に聖域の住民には告知しちゃっているみたいだから、もうどうしようもないけど、僕に断りもなしに副賞にするのはやめてほしい。

「タクミもみんなが喜ぶ方が嬉しいでしょ」

「わかったよ。そんなに無茶は言ってこないだろうし。それでボウリング大会が盛り上がるならいいよ」

「流石タクミね。わかってるじゃない」

そこで、ふと思った事を聞いてみる。

「アカネは身体の調子でも悪いのか？」

僕と話している間も、アカネはソファーにぐったりと寝そべっていた。

「フフフッ、違うわよ。私も優勝を狙っているからね。さっきまで猛特訓してたから、疲れて休憩しているだけよ。フフッ、タクミに何をオネダリしようかしら……」

「……僕も練習してくるよ」

アカネの含み笑いで、背中にヒヤリと寒気(さむけ)が走った。何故かわからないけど、アカネに優勝されるとマズい気がする。

その確信に近い予感に、僕はボウリング場に走る。

アカネだけには優勝されてはいけない。

そしてボウリング場に駆け込んだ僕は、すぐに練習をと思ったが……出来なかった。

うん、二時間待ちだったよ。

3　第一回聖域ボウリング大会

第一回聖域ボウリング大会の日がやって来た。

参加者が多いので予選を行い、一定人数になるまでふるいにかけていく。

それでも参加者はまだまだ減らなかったので、アカネと何故かノームの指示でレーンの増設をするハメになった。

レーンの数を最初に造った倍の二十レーンにしたけど、これでもまだ少ないとノームに愚痴(ぐち)られた。いや、どれだけハマってるんだか。

予選会は朝から行われ、参加者は皆、完璧なフォームでボールをピンへ投げている。

「ねえ、ソフィア。何だかみんな上手くない？」

「皆さん、暇があればボウリング場に来ていましたからね」

「そ、そうなんだ……」

ドワーフのドガンボさんまで、綺麗(きれい)なフォームでボールを投げる。

ドワーフ特有の短い手足でビア樽(だる)体型なのに、フォームが凄く美しくて違和感がハンパない。

しかも力があるから、ピンが倒れる勢いが凄い。だからといって単に力任せじゃなく、フックボールで軌道をコントロールしている。

「ねえ、ひょっとしてドガンボさんのボール、マイボールなの？」

「ドワーフの方達はみんな、そうみたいですね。素材をレーヴァにねだってましたから」

どうやらドワーフ達のボールは、自作のマイボールらしい。他にもレーヴァは色んな人にねだられ、大量のボールを作るのに大変だったらしい。

「バランスや重さのリクエストが細かかったそうですよ」

「そ、それは大変だったようだね」

みんな、いくら何でもボウリングに熱狂しすぎじゃないかな。

やっぱり、他にも娯楽の選択肢があった方がいいかもしれないね。ボウリングに熱中するのは構わないけど、多様性はあった方がいいし。

この世界の人達には基本的に、娯楽に割ける時間やお金の余裕がない。皆、日々を生きるのに必死なのだ。

ただ、ここ聖域は少し違う。まず衣食住に困らない。仕事も選べるし、魔物に脅かされてもいない。だからこそ生活に余裕があって、こういう娯楽も楽しめる。

バーキラ王国、ロマリア王国、ユグル王国も国民の生活が向上し始めているので、ボウリングをはじめ、こうした娯楽を発明したら、色々提案出来るかもしれないね。

◇

そんなこんなで予選を通過したのは、僕が造ったレーンの数と同じ二十人。

その中には、暇があれば練習していたアカネとルルちゃんはもちろん、ソフィア、マーニ、カエデの顔も見えた。

マリアとレーヴァは練習時間が少なかったのか、予選落ちしている。

僕？　もちろん予選落ちしましたよ。

他には大精霊でボウリングにハマっていたノームやウィンディーネ。ドワーフからは、ドガンボさんとゴランさんのドワーフコンビが予選通過した。

それとなんと、ケットシーのミリとララ姉妹も予選を通過していた。

彼女達は他の人と違って身体が小さいので、普通のボールの投げ方が出来ない。両手で抱えてゴロゴロと転がすのが精いっぱいのはずなんだけど……

「うんしょ、うんしょ、えい！」

コロコロコロコロ…………コテッ、パタッ、パタパタ……パタッ。

「やったー！　またストライクニャーー！」

「お姉ちゃん、凄ーーい！」

「「…………」」

力なく転がったボールが十本のピンを倒す光景を見て、みんな唖然としている。

わかるよ、その気持ち。

予選落ちした僕は、ミリとララよりずっと下だったんだね。

本戦は、二ゲームの合計点数で争われた。

予選でみんな一ゲーム２００点以上をポンポンと出していたからわかっていたけど、本戦に進んだ人はみんなハンパなく上手かった。

「やったわ！」

「くっ！　何故じゃ！　何故勝てん！」

大はしゃぎするウィンディーネの横で、崩れ落ちるノーム。

大興奮の本戦の結果――優勝はウィンディーネだった。

二位がソフィア。流石の運動能力だ。

そしてなんと、三位はケットシーのミリだった。

あのコロコロボールに負けて四位だったノームが、六位だったドガンボさんと八位だったゴランさんに慰められている。

五位に終わったアカネと、七位だったカエデは満足出来る点数だったのか、嬉しそうに順位のメダルをもらっていた。

そして、優勝したウィンディーネが希望したのは……

「東の草原地帯に、泉を創ってもいい？」

「えっ？　それでいいの？」

「ええ、私の眷属である、水の精霊達に前からずっと言われてたのよ。もっと水場が欲しいって」

「まあ、ウィンディーネがいいなら構わないけど、あまり道に近い場所はやめてね」

「ええ、邪魔にならない所にするから大丈夫よ」

ウィンディーネの希望したものはちょっと予想外だったな。二位には副賞はないけど、一応ソフィアに何が希望か聞いてみた。

「……そ、その、タクミ様と、デートはダメでしょうか」

「デ、デート、そ、それは構わないけど、そんなのでいいの？」

「はい！　ありがとうございます！」

ソフィアは常に僕の護衛に付いているので、いつもデートしてるようなものだと思うんだけど……それは言わない方がいいだろうね。

「じゃあ、ミリは何か欲しい物はないかい？」

「あ、あの、ミリ達のお洋服が欲しいニャ」

「服か……確かに女の子なんだから、オシャレしたいよね。そうだね、王都の服屋でみんなの服を買おうか」

僕達の服はすべて、糸はカエデ製でデザインはマリアとカエデにお任せといった感じ。

一方聖域の住民達はというと、パペック商会から仕入れた布を使って自作しているのがほとんどらしい。

子供達は、大人達が作ってくれた物を着ているけど、基本的に機能性重視だから、オシャレという感じではないのかもね。

「タクミ、私とマリアに任せてちょうだい。王都でガッツリと買ってくるわ」

「はい！　ミリとララだけじゃなく、サラ、コレット、シロナ、メラニー、マロリーの分も買ってきます」

アカネとマリアが自分達に任せてと言うので、ファッションに疎い僕は丸投げする事にした。この際、初期に聖域に逃れてきた子供達みんなの分も服を買うつもりみたい。

こうして、アカネとマリアが子供達を王都へ連れていく事に決まった。まあ、言うまでもなく送迎するのは僕なんだけど。

メンバーは、アカネとマリアにマーニとルルちゃん、ミリとララのお母さんのポポロさん、エルフのメラニーとマロリー姉妹のお母さんメルティーさん、それと子供達だ。

僕はお出掛けメンバーを見ながら呟く。

「人数が人数だから、護衛が必要だな」

「タクミ、儂とゴラン兄貴が護衛に付こう。じゃから、米の収穫から酒用に少し回してくれんか」

意外にもドガンボさんが手を挙げ、護衛を申し出てくれた。ただしその代わりに、米の収穫から酒用にもう少し融通してほしいとの事。

うーん、現状お米を食べているのは僕達くらいだし、少しくらいなら大丈夫かな。

「わかりました。今年の秋の収穫から回すようにしますね」

「おお！　助かるぞ」

「マスター、カエデも行くから大丈夫だよ」

「カエデは姿を見せないようにするんだよ」

「はーーい！」

カエデも一緒なら万に一つも危険はないだろう。

ふう、色々あったけど、無事に第一回聖域ボウリング大会は幕を下ろしたかな。凄く盛り上がったイベントになったと思う。

……でも、この盛り上がりすぎたボウリング大会のせいで、色々責められる事になるとは、この時の僕は思っていなかったのだった。

◇

マリア、アカネ、ポポロさん、メルティーさんと子供達をまとめて王都近くまで転移で送る。その場で迎えに行く日を決めて、僕一人で聖域の屋敷に戻ってきた。

ソファーに座って一息吐き、今日はもうゆっくりしようと思っていた僕に、休息の時間は与えられなかった。

バタンッ！

リビングの扉が勢いよく開く。

文字通り飛んで入ってきたのは、有翼人族のベールクトだった。

「タクミ様！　ズルい！　ズルい！　ズルいです！」

「ちょ、ちょっと落ち着いて、ベールクト」

「落ち着いてなんていられません！　聞きましたよ！　ぽーりんぐ大会ってお祭りをしたんですよね！」

ベールクトが凄い剣幕で捲し立ててくる。

「私達、有翼人族全員を誘えとは言いません！　けど、私はタクミ様の弟子と言っても過言じゃありませんよね！　そんな私を除け者にして楽しそうな事してるなんて！」

「ちょっとちょっと、落ち着いて、ベールクト。確かにボウリング大会はしたけど、ボウリングって何かわかってる？」

「わかるわけないじゃないですか！」

「いや、そんなに堂々と言いきらなくても」

「……タクミ様、ベールクトをボウリング場に連れていってあげればいいのではないですか」

ソフィアが助け船を出してくれた。

とりあえずベールクトをボウリング場に連れていき、ボウリングがどんなものか知ってもらおうという事になった。


「お、おお！　これがぽーりんぐですか！」

「ボウリングね。とりあえず遊んでみるかい？」

レーンが並び、そこで住民達がボールを投げている光景を見て、興奮するベールクト。一度試してみるかと聞くと、ベールクトはブンブンと首を縦に振った。

今日も混んでいるので少し待ってから、僕達は二ゲームだけボウリングを楽しんだ。相変わらずソフィアは上手い。

「……やっぱりズルいです、タクミ様。ボウリングって面白いじゃないですか！」

「わかった、わかった。次の大会には有翼人族も呼ぶようにするから」

「それだけじゃ足りません！　天空島にもボウリング場が欲しいです！」

「うっ、そう来たか……どうしようかソフィア」

「天空島にも造ってはどうでしょうか。そうすれば私達も、ここが混んでいる時は天空島のボウリング場を使えますし」

何だか後半部分がソフィアの本音みたいな気がする。そう思ってしまったのは、僕の気のせいだろうか。

「はぁ、わかったよ。バルカンさんとバルザックさんの許可が取れたらね」

「ヤッタァーー!! じゃあすぐに行きましょう！」

「ちょっと、待って！ 引っ張らないで！」

ベールクトに引っ張られ、僕は有翼人族専用の転移ゲートへと向かう。

有翼人族の中でも限られた人にだけ使用権限を与えている、聖域と天空島を繋いでいる転移ゲートだ。

天空島には他に、魔大陸の拠点とを結ぶ転移ゲートがあるが、聖域に繋がるゲートはセキュリティーが何段も厳重になっている。現状、この聖域と天空島を結ぶ転移ゲートを使える有翼人族は、族長のバルカンさん、そのお兄さんのバルザックさん、ベールクトの三人だけだ。

天空島に連れてこられ、早速バルカンさんのもとを訪ねる。バルカンさんが僕を名字で呼んできた。

「お久しぶりです、イルマ殿」

「ご無沙汰してます、バルカンさん」

「何やらボウリング場なる物を建てていただけるとか。娯楽の少ない天空島ですから、大歓迎です」

「やっぱりそうですか。じゃあ、場所の選定をしましょうか」

「はい。我らは人数が少ないので、今ある建物を取り壊せば、スペースはいくらでも確保出来ます」

「……建築資材の節約にもなりますね。は、ははっ……」

思っていたよりも前のめりのバルカンさんと、ボウリング場の建設場所を決めると、一気に建物を造り上げる。

木材はバルカンさん達が確保してあった物を使わせてもらい、レーンを敷いていく。

「十レーンもあればいいよね」

「私達は人数が少ないから大丈夫だと思います。足りなかったら、タクミ様にまたオネダリしますね」

「……勘弁してほしいかな」

その後、ボールを重さを変えながらいくつも作り、ピンを並べる魔導具(まどうぐ)と、投げたボールを戻す魔導具を一人で造っては取り付けていく。

椅子(いす)やテーブルなど細かな設備は有翼人族達に任せ、照明の魔導具を取り付ける。

点数の付け方を解説しつつ、一度バルカンさんとベールクトに遊んでもらう。教えるのはソフィアだ。

ゲーム終了後、バルカンさんとベールクトが目を輝かせながらお礼を言ってくる。

「イルマ殿、ありがとうございます！　ボウリングのおかげで、我らの生活にもメリハリが出来るでしょう！」

「タクミ様！　ありがとう！」

「楽しんでもらえて何よりです。何か不具合があれば教えてください」

しかし、マリア達が王都にショッピングに出掛けている間くらい、のんびりと過ごせるかと思っていた僕が甘かったな。

何だかんだで一日かかってしまった。

マリア達は王都で二泊してくる予定なので、明日こそは聖域の屋敷でのんびり出来るかな。

4　マリア一行爆買い

タクミがベールクトにねだられ、天空島にボウリング場を建てている頃――マリア達一行は王都でのショッピングを楽しんでいた。

マリア、マーニ、アカネ、ケットシーのポポロ、エルフのメルティーら大人組が子供達を引率して、王都の大通りをワイワイと歩いている。

美少女のマリア、アカネ、妖艶な色気を振り撒く兎人族マーニ、エルフのメルティー、そうした女性達の集団は、様々な種族が混在して暮らすバーキラ王国の王都であっても、ひときわ目立ってしまう。

エルフの姉妹や猫人族の兄妹、人族の姉妹も子供ながら可愛く目を惹くが、何よりも王都の人達を驚かせたのは、伝説に語られるレベルで希少な種族のケットシーの親子の姿だった。

微笑ましく見る人、物珍しそうに見る人もいるが、当然中にはよからぬ事を考える者はいるわけで――

王都で活動する非合法組織、要するに闇ギルドの構成員が、それぞれの組織のボスへと連絡を飛ばしていた。

「オイ、いい女がいるぜ」

「オオッ、赤髪の女もいいが、あのウサギも色っぽくていいな」

「金髪の女もなかなかだぜっ……と、エルフまでいるじゃねぇか」

「馬鹿野郎！　お前達はそんな事だからいつまでも下っ端なんだ。よく見てみやがれ、ケットシーの親子だ！　金持ち連中に売れれば、どれだけの金になるかわからねぇぞ！」

「アレがケットシーか。俺、初めて見たぜ」

「すぐにボスに報せろ。残りは監視だ」

「オゥ！」

闇のギルドの構成員達が走り去っていく。

このような光景が王都のそこかしこで繰り広げられていた。

マリア達には護衛としてドガンボとゴランが付いているのだが、たかがドワーフのオヤジ二人など、欲にまみれた者どもには関係ない。

ちなみに、マリア達を狙う闇ギルドには一つの共通点があった。

それは、どの組織も中小規模という事。

マリアは冒険者としてランクが高く、冒険者ギルドの中でトップクラスの実力を誇るタクミのパーティーメンバーだと知られている。それに気づけないのは、情報収集能力の乏しい組織というわけであった。

◆

マリア達を見て動き出したのは、闇ギルドだけではない。

マリア達一行が王都の門をくぐった時点で、王城へすぐに報告されていた。当然、一行の中に希少種のケットシーがいる事も伝えられる。

そこからバーキラ王国の動きは早かった。

宰相サイモンはその事を知ると、バーキラ王と騎士団長ガラハットと速やかに情報を共有、この機に王都の掃除をしようと決断した。つまり、マリア達を護る人員を手配しただけでなく、一行を狙うであろう組織のアジトを割り出すべく動き出したのだ。

なおこの作戦には、正規の王都防衛の近衛騎士団だけでなく、各騎士団から精鋭、諜報組織までが動員されたのだった。

一通り指示を終え、サイモンが溜息混じりに口にする。

「……やれやれ、イルマ殿も事前に一言連絡してほしかったですな」

ガラハット、バーキラ王が応える。

「まあ、それも仕方ないぞ、サイモン殿。イルマ殿にとっては、ただのショッピングだからな」

「うむ、ガラハットの言う通りだ。善良な国民が王都で買い物をするだけだ」

そのように三人で話していると、マリア達一行を陰ながら護衛していた諜報部の者が現れ、三人に告げる。

「……報告いたします。エサに獲物が食いつきました。現在、獲物の連絡係がアジトへと走っています。アジトが判明し次第、騎士団と衛兵の配置をいたします」

バーキラ王、サイモンが反応する。

「ふむ、早かったたな」

「ケットシーなど、我らでも聖域で初めて見ましたからな。欲深な連中が食いつかぬわけがありませぬ」

すると、普段バーキラ王の側を離れる事の少ないガラハットが口を開く。

「では、儂も現場に向かいます。あとは頼んだぞ」

「「はっ！」」

近衛騎士団員二人が、王の護衛を引き継いだ。

本来闇ギルドの殲滅程度で、騎士団長ガラハットが出向く事はない。これには、タクミに対してバーキラ王国はここまで気を遣うというアピールの側面があった。

こうして、中小規模の闇ギルド組織には過剰とも思える戦力を動員した「キツネ狩り」が始まろうとしていた。

◆

王都の服屋巡りを楽しむマリア達一行。だが、彼女達とてただ無防備に買い物をしているわけではない。

姿こそ見えないが、マリア達の側にはカエデが潜んでいるのだ。

今にも鼻歌を唄い出しそうなカエデは、高レベルの隠密スキルと認識阻害の外套の力で誰にも見つかる事なく、マリア達に邪な視線を向ける者達を監視していた。

一体だけで、街の一つや二つ簡単に壊滅させられると言われる災害級の魔物、アラクネ。カエデはそのさらに特異種である。当然、王都の冒険者ギルドにも、カエデとまともにやり合える冒険者はいない。中小規模の闇ギルド構成員など言うまでもない。

今も、マリア達に近づこうするバカが、誰も気づかぬうちに糸でぐるぐる巻きにされていた。

また、護衛のドワーフのドガンボとゴランの実力も、そこらの闇ギルドのチンピラに負けるものではない。聖域で暮らす以前は、危険な場所で採掘する事や、魔物の素材目当てに狩りに行く事もあったのだから。

庶民向けの服屋に入り、マリア達が服を物色し出す。

なお、聖域にはタクミがパペック商会を通して仕入れた布が豊富にある。聖域の住民なら自由に使っていいので、住民は服に困る事はない。

とはいえ、自作の服とプロの仕立てた服の違いは明らかだ。そんなわけで、ケットシーのお母さんポポロやエルフ姉妹のお母さんメルティーは、この機会を逃すものかと服を漁っていた。

一方、マリア、マーニ、アカネにそんな必死さはなかった。彼女達の服はカエデの糸から作られた特別製であり、マリアやカエデの仕立てレベルはプロの職人以上だからだ。

そんな彼女達がどうして服を見ているのかというと――王都の流行のデザインを参考にするためだった。

「わあ、お姉ちゃん、この服キレイだニャ！」

「ホントね、こっちのもキレイニャよ」

ケットシーのミリとララが楽しそうに服を選んでいる。

二足歩行の猫のようなケットシーは、もこもこの毛に包まれているのであまり服を着ない。今もミリとララの服装は、首のリボンくらいだ。

アカネとマリアが服を手に取りつつ話し合う。

「ねえねえ、マリア。この辺のデザインなんてどう思う？」

「流石、王都ですね。色々なデザインがあって参考になります」

「でも、アカネさんの考えるデザインの服も負けてないのでは？」

マリアがそう言うと、アカネは謙遜して首を横に振る。

「私のは自分で考えてるんじゃないもの。元の世界のデザインを真似しているだけ。私のあまり上手くない絵から服を仕立て上げている、マリアとカエデちゃんが凄いのよ」

そこへ、ルルが口を挟む。

「お二人も凄いけど、アカネ様だって凄いニャ。アカネ様のおかげでルルは、こんな可愛いメイド服を着られるニャ」

「そ、それもタクミから見ればコスプレだもの」

「こすぷれニャ？」

「いいからルルも良さげな服を選びなさい」

「まあまあ。私達もデザインの参考になりそうな服は全部買いましょう」

マリアがその場を収めるようにそう言うと、皆、再び服を物色し始める。

ちなみに、王都で服を買うにあたって、タクミからかなり余裕を持って軍資金を渡されていた。

だが、それは店ごと買うつもりなのかと疑うくらいの金額だった。ファッションに疎いタクミは、服の相場さえよくわかっていなかったのだ。

一軒の服屋で買い物を終えただけで、大量の荷物がマジックバッグに入れられていく。そして、一行また当然のように次の服屋へと向かった。


そのあとをウンザリとついていくのは、ドガンボとゴランである。

ドガンボは既に後悔していた。お酒のためと思い我慢してきたが、それでも女性の買い物に付き合うのが、こんなにも大変だとは思わなかったのだ。

「……タクミが簡単に米を融通してれた時点で、察するべきじゃったか」

「愚痴るな、ドガンボ。諦めて修業だと思え」

げんなりとするドガンボに、ゴランが悟った表情で告げた。

二人の試練は始まったばかりだ。

マリア達の買い物は、このあと数日にわたって続くのだから――

◆

お買い物ツアーは二日目に入った。

この間に、いくつかの闇ギルドが騎士団や諜報部隊により捕縛された。この日も朝一で、マリア一行襲撃のためにアジトに集合していた闇ギルドの構成員を、諜報部隊の手引きで騎士団が急襲していた。

「大人しく縛(ばく)につけ！　逆らう者は容赦(ようしゃ)せん！」

「ぐわっ！　何だ！　テメェら！」

「ガァッ！」

「に、逃げろぉ！」

騎士団と王都守備隊の兵士が男達を包囲している。言うまでもないが、たかだか中小規模の闇ギルドに、この大軍を打ち破る力はない。

なお、捕らえられた構成員は、厳しく取り調べたあと、その多くは犯罪奴隷として遇される事になる。軽犯罪者程度なら、数日牢屋に入れられてから解放されるのだが、闇ギルドの構成員に軽犯罪程度の者はいない。

結果としてほぼ全員が犯罪奴隷となり、鉱山や街道整備などのキツい強制労働へ送られるのだ。

ともかくそんなわけで、朝から闇ギルドの捕縛が盛んに行われ、多くの騎士や兵士が走り回っていたが、そんな光景を尻目に、マリア達一行は買い物ツアーを楽しんでいた。

「今日は王都の北寄りのお店を回りましょうか」

「貴族街に近い方ね。いいんじゃない」

「アカネ様、高い服が売ってるお店ニャ？」

「そうよ。昨日は子供達の服はいっぱい買えたから、今日は私達やポポロさんとメルティーさんの服ね」

マリア達の会話を聞き、ポポロとメルティーの表情が青くなる。自分達が高級店に行くのは分不相応に感じたのだ。

二人は怯えながら口にする。

「……あの、私達の服は古着で十分ですニャ」

「そうです。布を買っていただければ、自分で縫います」

アカネとマリアは、ポポロとメルティーの不安を察知すると、二人に笑みを浮かべて告げる。

「お金の事は心配しなくても大丈夫よ。タクミからお店を買えるくらい預かっているから」

「そうですよ。タクミ様が言ってましたよ。日頃聖域で子供達のお世話と、畑や果樹園のお仕事を頑張ってくれているお礼だって」

涙ぐむポポロとメルティーに、さらにアカネは話す。

「それに今日は、下着屋さんも回って、流行の下着デザインをチェックするのと、子供達用の下着を買うわよ」

バーキラ王国では、タクミ発信の下着がロックフォード伯爵夫人経由で流行した。さらに今では、国内ばかりかロマリア王国やサマンドール王国にも広がり、独自のトレンドを生み出しているという。アカネはそれらを確認するつもりだったのだ。

続いてマリアが言う。

「ポポロさんとメルティーさんも、遠慮なくいっぱい買ってね。聖域だと自作しないとダメでしょ。私とカエデちゃんは家族の分を全部作っているけど、服と違って下着はなかなか難しいからね」

「「はい！」」

ポポロとメルティーは飛び上がって喜んだ。

そうした微笑ましい光景を、少し離れた場所で見ているのは、ドガンボとゴランである。

こうしてずっと待たされるのも、もう二日目になるのだ。うんざりした表情になってしまうのも仕方ないだろう。

「……なぁ、ゴランの兄貴、儂もう帰りたい」

「……儂らは護衛なんじゃ。帰ったら酒の増産が出来ると思って我慢するんじゃ」

悲壮な覚悟で、我慢を決意するドワーフのオヤジ二人。たまの日曜日に、買い物に付き合わされるお父さんの苦労は、異世界でも同じように存在するらしい。


ショッピングを始めて少し経った時、マーニが小さな声でマリアに話しかける。

「……二十人くらいでしょうか、実力は大した事ないと思います」

「流石、兎人族の五感ですね。マーニさんは子供達の安全第一でお願いします」

「わかりました」

アカネが小声で話し合う二人に問う。

「なになに、また悪者なの？」

「クンクン、何か臭いがするニャ」

ルルも、周囲の臭いの変化を感じていたらしい。

「ゴランの兄貴」

「ああ、やっと儂らの出番じゃ。せっかくじゃ、鬱憤を晴らさせてもらおうか」

ゴランとドガンボが嬉しそうに腰の槌を握る。よほどストレスが溜まっていたに違いないが、ストレス発散に使われる相手もいい迷惑だろう。

マーニが、怯えるポポロとメルティー、そして子供達に声をかける。

「ポポロさん、ミリとララと手を繋いでいてください。ワッパはサラと手を繋いでね。コレットはシロナの手を繋いで離さないように。メルティーさんもメラニーとマロリーをお願いね」

「「はい」」

「うん」

続いて、マリアがみんなを安心させるように言う。

「カエデちゃんに任せてもいいんだけど、ゴミは私とドガンボさん、ゴランさんもいるし心配しなくても大丈夫だからね」

緊張した表情を見せていたポポロ、メルティー、子供達が周囲を見回す。すると、ドワーフの二人は暴れる気まんまんで、マリアは普段と変わらない。

そんな様子にみんなの緊張もほぐれていく。

先頭にマリア、真ん中に子供達とポポロとメルティー、左右をマーニとアカネ、後ろをルルが警戒するフォーメーションを取る。

そして次の瞬間、前方と後方から闇ギルドの構成員が襲いかかってきた。

◆

闇ギルドの構成員達には、ただの女子供の集団という認識しかなかった。

場所は、貴族街に近い高級店が並ぶ区画。人の通りは少ない。まさに襲撃するのにうってつけのスポットだ。

また彼らは万全を期すため、複数の組織で協力して襲撃に当たる事にしていた。これには一つの組織だけ利益を得て、他の組織から恨みを買うのを防ぐという理由もある。

これだけ用意周到な彼らであったが、一つ致命的な勘違いをしていた。

それは、マリア達をただのカモだと見誤っていた事。

だからだろう、最後尾にいた猫人族の少女が立ち止まり振り返っても、何の危機感も持たなかった。もちろん、猫人族の少女、ルルの口角が上がっていた事にも気づいていない。

襲撃者の男はルルが掻き消えた瞬間——くぐもった男の声を聞いた。そして、それが自分が殴られた時に発した声だと知る前に意識を手放す。

「ニャ！」

「グウゥボォッ！」

襲撃者の一人が突然崩れ落ちたかと思えば、次の瞬間にはその横の男がルルの回し蹴りで、くの字に弾け飛ぶ。

「運動にもならないニャ。少しは抵抗してみるニャ！」

ルルが高速で動き回り、襲撃者を蹂躙していく。

そんなルルの横では、ストレス発散のために嬉々として拳を振るう男がいた。

「ふんっ！」

「ギャァァァ！」

丸太のような太い腕が振るわれ、襲撃者の首が刈られる。

「何じゃ、手ごたえのない。もう少し気張（きば）らんか！」

そんな理不尽な事を襲撃者に言いながら暴れるのは、買い物に付き合わされ、ストレスが極限まで溜まっていたドガンボだ。

ドガンボは、ルルが暴れ始めたのを見てすぐに、後方から襲撃してきた闇ギルドの構成員に突撃していたのだ。


後方でルルとドガンボが大暴れする中、前方ではさらに圧倒的な蹂躙劇が繰り広げられていた。

その中心にいるのが、マリアである。

タクミと最初期から行動し、常にタクミの側に立てるようにと努力し続けたマリア。そんな彼女が、中小の闇ギルドの戦闘員ごときに後（おく）れを取るはずもなかった。

襲撃者達は、マリアのスピードを目で捉える事はおろか、自分達が倒されたのを認識する事すら出来なかった。

「ふっ！」

「はっ！」

赤い影が煌めくたびに、何が起こったのかわからぬまま、無数の男達が倒れていく。

マリアが高速で動き回る中、儂にも残しておけと、ゴランも槌を振り回して大暴れしていた。


前方後方で激しい戦闘が行われている最中、側面から隙を突いて襲撃しようとしていた男達に、逆に襲いかかる影があった。

目に見えない糸による拘束だった。

「なっ⁉」

「か、身体が動かねぇ！」

突然、身体の自由が奪われてパニックになる男達。

その集団の中を、カエデが駆け抜けていく。

マリアと同様に、カエデの姿を見た者はいなかった。完全な隠密状態での戦闘で、姿を見せる事なく敵を狩る。カエデにとってそれは難しいものでもない。

子供達を左右から護るアカネとマーニが、退屈そうに話す。

「私達、暇ね」

「この程度の人数で、しかもあんなクズどもの実力なら、こんなものじゃないですか」

二人の様子はとてもじゃないが、襲撃を受けている最中には見えない。そのおかげか、子供達も怖がる事なく落ち着いていた。

子供達は知っているのだ。マリア、アカネ、マーニ、ルルの強さが尋常ではないという事を。

そこに、騎士団や衛兵が雪崩れ込んできて、闇ギルドの襲撃者全員はあっという間に拘束されていくのだった。


「さて、お買い物の続きをしましょうか」

「そうね。あとは騎士や兵隊さんにお任せで大丈夫でしょう」

マリアとアカネが、拘束されて運ばれていく男達に目もくれる事なく、この後の予定を話し合い出した。

拘束されながらも運悪く意識を取り戻した男は、自分達が何を相手にしてしまったのか、今さらながら理解した。それもあとの祭りなのだが……

こうしてマリア達一行のお買い物ツアーは、王都の大掃除のきっかけとなり、バーキラ王やサイモンに感謝される事になるのだった。

5　流行を作り出せ

マリア達一行を転移で迎えに行き、聖域に戻ってきた僕、タクミ。それから僕は、みんなから王都での土産話を聞かされていた。

それはさておき、マリア達が買ってきた服の量が大量だった。

住民に配る用のシンプルな服から、デザインの参考にするための服など、マジックバッグがなければ、持って帰る事など到底無理な量だったね。


服を聖域の住人に配り終えたあと、マリアとアカネが始めたのは服のデザインだった。

僕はそんな二人を横目に、ソフィアに尋ねる。

「ねえ、ソフィア。アレは僕の分もなのかな？」

「はい。タクミ様の服も色々と作ると言ってましたよ」

やっぱりか。マリアとアカネが中心になって、メリーベル達メイドも嬉々として協力しているように見える。

「メリーベル達の分も作るの？」

「はい。彼女達の分は自分達で作るそうですが、カエデの糸から織った生地で作るらしいので、デザインにも気合いが入っているようですね」

いつもよりメイドの人数が多いと思ったら、彼女達の服や下着も作るらしい。

メイド達が仕事の際に着ているクラシックなメイド服は、僕が制服として与えた物なんだけど、普段着や下着はボルトンのお店で買うか、生地を買って自分達で作ってもらうかしていた。それらは流行など関係なく、着られればいいという無難なデザインだったらしい。

それを見たマリアとアカネが、女の子なのにもったいない！　と主張して、オシャレを楽しむ事を勧めたのだとか。

この世界では、上流階級の女性じゃないとオシャレを楽しむ余裕なんてない。けれど、聖域は豊かで貧しくもないので、時には着飾る事も必要だ、というのがアカネとマリアの主張なのだ。

まあ、ファッションのファの字もわからない僕には何も言えないけどね。

一通り作業が終えたのか、マリアとアカネが、僕とソフィアがくつろいでいるソファーに近寄ってくる。

「やっぱりこの世界のファッションって、選択肢がなさすぎるのよね」

「仕方ないですよ。オシャレを楽しめるのは、貴族や豪商の家に生まれた女性だけですから」

ポフンッとソファーに座って、メイドが淹れてくれたお茶を飲みながら、ファッションの話が尽きない二人。

僕とソフィアは話についていけない。

「ねえ、ソフィアはファッションってわかる？」

「……いえ、私は子供の頃から騎士になる事しか考えてこなかったので、動きやすい服装しかしてきませんでした。今着ている服も、マリアとアカネが与えてくれるのを、そのまま着ているだけですね」

「……僕と一緒か」

僕もソフィアと同じで、マリアから渡される服を着るだけだ。動きやすい服にしてほしいとはリクエストしてるけど、あとはお任せだしね。

それはさておき、貴族家の子女は別にして、一般の女性が着る服がオシャレじゃないのは仕方ないと思うんだよね。

この世界の服屋は、基本的には高級品しか扱っていない。普通の庶民は、布を買って服を自作するのが当たり前という認識だ。もしくは古着を買うかの二択かな。

今回は庶民用の服もあったみたいだけど、これは王都だからあっただけで、他の街には既製品を売る服屋はないだろう。

生地を買って自作となると、使える色や素材も限られてくるし、複雑なデザインなんて作れない。そりゃオシャレとか考える余裕なんてなくなるよな。

そんな事を考えていたら、アカネが面倒な事を言い出した。

「服を作るのは、商売になるかしら」

「え、難しいと思うよ。そもそも服作りは凄く手間がかかるでしょ。縫製(ほうせい)を魔導具で機械化でもしないと安くならないし」

僕がそう話すと。アカネはさも当然の事のように言う。

「なら、機械化すればいいんじゃないの。タクミも、聖域のみんなにオシャレを楽しんでほしいでしょう?」

「いや、まあ、そうだけど……」

手縫いだから高価になる。ならば、機械化するしかコストを下げる方法はない。それはわかるんだけど、だからといって僕達がする必要はないと思うんだけどなぁ。

「ミシンを作ってよ。魔導具なら出来るでしょ。それで工場を造ってオシャレで安い服を大量に作るのよ」

「そんなに簡単に……出来なくもないけど。せめて僕らがやるのは、ミシンの魔導具開発だけに留めて、服作りはパペックさんに任せればいいんじゃないの」

「ダメよ。貴族の着るドレスじゃないのよ。庶民の着るオシャレな服をパペックさんに任せられるわけないじゃない」

「ええ……でも、ミシンがあったところでどうせアカネは裁縫出来ないでしょ。ならデザインだけ関わるって事でどう?」

聖域に縫製工場を造るのも何だかね。そう思って提案してみたら、デザインっていう仕事に惹かれたのか、アカネの目が光った。

「そうね! なら私はデザイナーって事ね! いいじゃない。タクミ、すぐにミシンを作りなさい!」

「はぁ、ちょっと仕組みから考えないとダメだからすぐには無理だよ」

「お手伝いするであります！」

仕方ないなとソファーから立ち上がると、早速レーヴァが手伝いを申し出てくれた。

魔石動力の魔導具としてのミシンと、日本でも昔使われていた足漕ぎペダルのミシンの二通り考えてみるかな。

ミシンがあれば、マリアが僕達の服を縫うのも楽になるしね。

◇

リビングから工房に移動した僕とレーヴァは、ミシンの設計に取りかかった。

「ミシンの構造自体は単純なんだよな。凄くよく出来ているけど」

「タクミ様はみしんを知ってるのでありますか？」

「まあ、簡単な構造だけはね」

それから僕は、レーヴァにミシンについてざっくりと説明した。

「……へぇ～、縫う魔導具でありますか。それで服を作るのが速くなるのでありますな」

「ミシンを使いこなす技術も必要だけどね」

ミシンがあるからって服を簡単に縫えるわけじゃないと思う。確か、ミシンを使うのもなかなか難しかったと思うしね。

「それでも、手で縫うよりも速く出来るようになると」

「裁縫スキルの高いマリアやカエデなら、あまり変わらないかもしれないけどね」

「……それは言えてるでありますな」

レーヴァの裁縫スキルは高い方だけど、マリアとカエデはさらに上をいく。この世界のスキルシステムは不思議だ。

「とりあえず設計図を描いてみるから、そこから色々考えてみようか」

「そうでありますな。とりあえず作ってみて、あれこれ試す方が早いかもしれないであります」

「だな。聖域のみんなにも配ってから改良していく方が良いかもね」

聖域には様々な種族が暮らしているので、種族によって求める服が違う。

人魚族は足が人型と魚の形に変化するので、ワンピースのような服を着ている事が多い。

獣人族は、その種族ごとの特徴である尻尾（しっぽ）の穴が必要だったりする。

ドワーフならそのビア樽体型に合わせ、なおかつ頑丈で火に強い服が必要だ。

人族とエルフは体型に差異は少ない。

この大陸に生きる種族で大多数を占めるのが人族という事もあり、服の既製品店はすべて人族用だ。

「貴族のドレスなんかを扱う高級店はどうかわからないけど、既製品を扱うお店はミシンを喜ぶかもしれないね。同じデザインを大量に作る必要があるだろうし」

「貴族様は、人と同じドレスなんて嫌がるであります。贅沢な話でありますが」

「厳選された生地を一針一針丁寧に縫うんだから、ある程度高価になってしまうのは仕方ないからね。となると、ミシン導入が歓迎されるか微妙だな」

貴族の女性達は、人と同じドレスを着る事は考えられない。パーティーでドレスが被るなんて、僕でもまずいのがわかるくらいだ。

「貴族が手縫いである事に価値を見出しているとしたら、ミシンのターゲットは、少しだけ裕福な人達用の服だね」

「パペックさんが飛びつきそうなお話であります」

「だね」

ベルト駆動の足踏みミシンをサクッと錬成して、上糸と下糸をセットする。

「おお！　なるほど！　仕組みは見ればわかるであります」

「不具合がないか、テストしてみようか」

「はいであります！」

レーヴァと二人で動作試験を繰り返し、問題がなさそうなので、レーヴァに同じ物を複製してもらった。

その間、僕はペダルを踏む加減で回転する速度が変わるようにした、魔石動力の魔導具のミシンを錬成する。

縫い目は何種類も変えられないけど、簡単なミシンが二種類完成した。

「マリアにも試してもらおうか」

「そうでありますな。実際に服を作るマリアさんの意見を聞きたいであります」


工房からリビングに戻ると、まだアカネとマリアが中心になって、マーニ、ソフィア、ルルちゃんまで加わって、服のデザインを相談している。その中に、メリーベルやマーベル達メイドも一緒にいて、ワイワイとみんなで楽しそうにしていた。

僕は、アカネとマリアに話しかける。

「一応足踏みミシンと魔導具のミシンを作ってみたんだけど、マリア達に試してもらおうと思って」

「そうね。ミシンがあっても、使いこなせないなら意味がないものね」

「わかりました。使い方を教えてください」

「じゃあ、工房で説明するね」

アカネはリビングで待ってもらい、マリアだけを連れて工房に戻ろうとすると、何故かメリーベルとマーベルもついてきた。

「私達も使えれば便利ですから」

「うん、確かにそうだね」

工房に並べてあった二種類のミシンを三人に試してもらい、不具合がないか調べる。

マリア、マーベル、メリーベルが順に感想を伝えてくれる。

「う～ん、これは練習が必要ですね。でも、慣れれば凄く使えると思いますよ」

「次は私ですね……難しいですね。とはいえ、簡単な物を縫うのには便利だと思います」

「では、次は私が試させてもらいます……いいですね。これは使えます」

マリアは裁縫スキルが最高レベルなので、手縫いの方が早いみたいだ。こういうタイプはミシンに慣れるのに逆に苦労するかもな。

一方、マーベルとメリーベルからは、概(おおむ)ね便利そうだという評価だった。


再びリビングに戻った僕達を、セバスチャンが迎える。

「旦那様、パペック殿がご用はないか、ボルトンの屋敷に見られましたが……」

「えっ、パペックさんがわざわざ？」

「あの人、本当に鋭い嗅覚してるわね」

アカネが呆(あき)れた感じで言う。まあ、アカネの言う通り、僕らがまた新しい発明をしたのを察知したのかもしれない。

セバスチャンがさらに続ける。

「パペック殿から、明日と明後日はボルトンの商会にいるとの言付けを預かっております」

「そうなんだ。いずれ声をかけるつもりだったけど……」

「タクミ、明日は私も行くわよ」

アカネは、パペックさんに直でデザインを売り込むつもりなんだろう。

それにしてもパペックさん、タイミングが良すぎだよ。

◇

翌日、早速ボルトンのパペック商会に連絡を入れると、パペックさんが今からうちの屋敷に来ると言った。

「パペックさんの商人としての嗅覚にも驚くけど、フットワークの軽さにも感心するよ」

「そりゃタクミのおかげで、今じゃ大陸一の大商会だもの。自ら足くらい運ぶわよ」

「パペック殿は、午後一に来られるとの事です」

ちなみに僕らはもうボルトンの方の屋敷に来ていて、いつものソフィアとマリアに加えて、アカネが一緒にいる。

お昼ご飯を食べて少し経った頃、セバスチャンがパペックさんが到着したと報せてきた。

「パペック殿が到着されました」

「うん、通してください」

そして、パペック商会の番頭であるトーマスさんとパペックさんが、セバスチャンに先導されて部屋に入ってくる。

「ご無沙汰してます、イルマ殿」

「お久しぶりです、パペックさん、トーマスさん。わざわざすみません」

「いえいえ、こちらからお会いしたいとお願いしたのです。私達が足を運ぶのは当然です」

簡単に世間話をしたあと、パペックさんが僕に探りを入れてくる。

「ところでイルマ殿、どうですか、最近は？　何か新しい物を発明したりしていませんか？　もし何かあるのでしたら、ぜひともパペック商会で扱わせてください」

おそらく、こういった商談の席に普段はいないアカネの姿があるので、何かあると思っているんだろうね。

ただ、パペックさんがあまりにもストレートに聞いてきたので苦笑いしてしまった。でもこれは、腹芸をしたくない僕の事を考えてくれてるんだろう。

「随分と僕を高く買ってくれているようですね」

「当たり前でございます。イルマ殿のおかげで、パペック商会は大陸でも有数の商会となったのですから」

「ナイスタイミングよ！　パペックさん！」

そこに、アカネが変なテンションで割って入った。

「ミサト様？」

「今日は、私とマリアからの提案があるの！」

不思議がるパペックさんを尻目に、珍しくミサトと名字で呼ばれたアカネが自分の言いたい事を一方的に話していった。

一通り聞き終え、パペックさんは感心したように声を漏らす。

「……ほうほう、少しだけ裕福な層をターゲットにした既製品の服ですか」

アカネをアシストするように僕も言う。

「服屋といえば、高級なオーダーメイドか、古着を売るお店かの両極端ですからね」

「一応、王都では高級な既製品の服を販売するお店がいくつかありますが……トーマス、どう思う？」

「価格次第ですかね」

実は、マリア達がお世話になった王都の高級既製品店は、パペック商会系列の店だったそうだ。

パペックさんによると、他にも何軒か出店しているが、儲(もう)けはそれほど出てないらしい。

「先日、各店舗で大量に売れたと連絡がありましたが、ひょっとして……」

パペックさんがそう口にしたところで、アカネが打ち明ける。

「それは私達ね。さっきの話だと、パペックさんのお店だったようね。子供服なんかはいい品揃えだったわ」

　パペックさんは溜息混じりに言う。

「どうしても生地を買って、自分で作る人が多いので、値段が高いせいもあり苦戦している次第です」

「要するに、コストを安く抑えられれば商売になるのよね」

　アカネの言葉に、パペックさんは目を見開く。

「……という事は、コストを下げる方法があるのですね？」

「ふふん、そんな時のタクミでしょう」

「「おおっ！」」

　パペックさんとトーマスさんが声を上げて、僕の顔を期待の込もった目で見てきた。

　いやそこ、なに自分の手柄（てがら）のように胸を張って偉そうにしてるんだよ、アカネ。

　僕はちょっと呆れつつも、アイテムボックスから二種類のミシンを取り出した。そして、パペックさんとトーマスさんに使い方を実演してあげる。

「……これが足踏みミシンと、動力を魔石に置き換えた魔導具版のミシンというわけです」

「練習が必要だけど、慣れたら手縫いよりもずっと早く服を作れるわ」

　パペックさんとトーマスさんが、感嘆の声を上げる。

「おお！　これなら大量に服を作れますな！　下着の工房にも導入出来ます！」

「旦那様、これなら王都の店も黒字になります！」

浮かれる二人に、アカネがさらに畳みかける。

「そこで提案なんだけど、私の欲しいデザインの服を作ってほしいのよ。普段私達の着る服はマリアとカエデが作ってくれるから問題ないんだけど、聖域の子達にもオシャレしてほしいもの」

「ぜひお力をお貸しください、ミサト様！」

「任せなさい」

パペックさんとアカネが何故か手を取り合っている。

それからすぐに、パペックさん、アカネ、マリアは服のデザインの話を熱心にし始めるのだった。

僕はソフィアに声をかける。

「……これ、どうしようか」

「まあ、アカネもマリアも楽しそうなのでいいのではないでしょうか」

「それもそうか」

僕はそう応えつつ、二種類のミシンを五台ずつ取り出し、トーマスさんに渡した。

トーマスさんは何も言わず大きく頷き、商会のマジックバッグにそれらを収納すると、受取証書を書いてくれた。

「おそらく追加のミシンを発注する事になると思います」

「わかりました。多めに用意しておきます」

こうして、盛り上がるアカネやマリアとパペックさんは置いておいて、僕とトーマスさんは特許やもろもろの仮契約を交わした。

その後は、ソフィアを交えてお茶を飲んで待ってたんだけど、アカネもマリアも、楽しそうで良かったな。

6 仕事はまとめてやって来る

結局、ボルトンにアカネとマリアを残し、僕とソフィアは聖域の屋敷に戻ってきた。

だって、服のデザインなんて僕にはわからないし、話が長いんだもの。

リビングのソファーに座って、メイドの淹れてくれたお茶を飲んでいると、大量の紙の束を持ったセバスチャンがやって来た。

「……えっと、それで全部かな?」

「いいえ、一部でございます」

「だよね………」

ボルトンの屋敷にいたセバスチャンが、わざわざの聖域にまで持ってきた紙の束。僕に、その意味がわからないわけがない。

セバスチャンの後ろから、マーベルが現れる。

「旦那様、書斎に運んでおきますね」

マーベルはそう言うと、大量の紙の束を僕の書斎に持っていった。

さらにセバスチャンが告げる。

「では、なるべくお早めにお願いします」

「うっ……」

セバスチャンも紙の束を持って書斎に消えた。

自慢するわけじゃないけど、僕はこの世界に来てから、井戸のポンプをはじめとしていくつもの道具や魔導具を開発してきた。

この世界の女性の下着デザインに革命をもたらし、街の開発や街道の整備、未開地開発に魔大陸の国との交易と、本当に色々と手を広げすぎている自覚はある。

そのおかげで、もの凄くたくさんのお金が入ってきたんだけど、それに伴って処理しなけりゃならない書類が膨大な量になっているんだよな。

当初は額は大きくても種類が少なかったので、納めないといけない税の計算や契約書の作成は、パペックさんが代わりにしてくれていた。

だけど売る物が増え、特許関係の書類が多くなり、さらにはパペックさんには関係のない書類も増えてきて、さすがにパペックさんに甘えていられなくなってきた。

小国にも匹敵する聖域経営の事務仕事は、思った以上に大変みたいで……

「はぁ、行かなきゃ終わらないか」

「私も及ばずながらお手伝いします」

「ありがとう、ソフィア」

書類仕事の苦手なソフィアまでが手伝ってくれると言うのに、いつまでもあと回しには出来ないな。


僕は重い腰を上げて書斎へ向かった。


書斎では、セバスチャンとマーベルが書類の仕分けをしていた。それにソフィアも加わる。

積み上げられた書類を大きく分けると、今月の売り上げなど僕が目を通すだけでいい物、特許の使用許可申請などサインする必要のある物の二つだ。

後者の中で一番面倒なのが、何をどのくらいの量を売ってほしいといった要望が記された書類。

聖域のワインや蒸留酒などのお酒類はもちろん、果樹や薬草類も引く手数多。当然、需要に対応出来るわけもなく、限られた量を大勢で取り合ってもらう事になる。

そんなわけで、誰に売って誰を断るのかを決めるという面倒な決断が、当然ながら僕の仕事になるのだ。

それに、税金の問題もややこしい。ボルトンでの物の売り上げは、バーキラ王国に税金を納める

のは当然なんだけど、聖域はどこの国にも属していない。結果として、物によって売り上げから税金を納めたりそうじゃなかったりするので、面倒な事この上ない。

そして、他国と交易する際、大問題になっている事がある。

どこの国も聖域の物を欲しがり、競って買うのだけど、逆に聖域がよそから買う物はほとんどないんだ。要するに貿易不均衡だね。しがないサラリーマンだった僕が、異世界で国家間の経済問題に頭を悩ませるなんて……

これまでソフィア、マリア、レーヴァに手伝ってもらって何とか片付けていたけど、ここのところ書類の量がハンパないんだよな。

まあ、あと先考えなかった僕の自業自得なんだけど……

「旦那様、この際、事務仕事を専門にする人材を雇われてはいかがでしょうか」

書類の山に埋まってうんざりする僕を見かねて、セバスチャンが提案してきた。

「事務専門の人か……ぜひ欲しい人材だけど、うちは特殊だから難しくないかな」

「確かに、執事やメイドを探すより難しいと思います。ですが、これからもっと書類仕事は増えていくでしょうし、流石にキャパシティを超えていきます」

人は増やした方がいいに決まってるんだけど、聖域のお金の流れや重要度の高い書類を処理する人材には、単純な事務能力以外に必要な要素がある。

それが、僕達が信頼出来る人柄である事。これを初見で見抜く目は僕にはないから、またウィンディーネ達を頼らないといけないなぁ。

「能力の高い方なら、奴隷の中にもいるでしょうし、奴隷なら裏切る心配もなくいいのでしょうが……」

「今の聖域には奴隷はいないものね。仮に雇えたとしても一人だけ奴隷って嫌かな」

僕の奥さんになったソフィアとマリアはもちろん、仕事を手伝ってもらうために購入したレーヴァは、元々奴隷だったけど既に解放したんだよね。

「国でも優れた文官は希少ですから、探すのは苦労しそうですね」

「それでも最低一人くらいは、専属の事務方がいてくれると嬉しいんだけどな」

魔物や盗賊など生命を脅かす存在が身近なこの世界、優れた武官は少なからずいたりするけど、文官は少ない。

「バーキラ王も、側にポートフォート卿がいなければ、賢王と呼ばれる事はなかったでしょうからな」

「いや、諦めちゃダメだ。きっとどこかにいい人材が眠っているに違いない」

僕は書類を処理する手を止める事なく、セバスチャンと事務方雇用の相談を続けるのだった。

◇

その後、事務方の雇用を決めて、ソフィアに話すと、彼女も賛成してくれた。

ソフィアは、安全で護衛の必要のない聖域の屋敷でも僕の側を離れる事はないんだけど、デスクワークは苦手なようで、僕が書類を片付けている時はあまり同じ部屋に入ってこない。大量の書類の山を見ると、それだけで頭が痛くなるらしい。それでも今回は、無理して手伝ってくれていた。

メリーベルとセバスチャンが助言してくる。

「大精霊様方にお話をするのは、ある程度私達で決めてからの方がいいと思います」

「そうですな。大精霊様方にあまり負担を強いるのは辞めた方がいいでしょう」

僕は大きく頷きつつ、ソフィア、メリーベル、セバスチャンに言う。

「そうだね。じゃあ大まかな事から決めていこうか」

「そうでございますね。では、まず前提となる条件を挙げていきましょう」

セバスチャンの言葉をきっかけに、彼とメリーベルが中心となって、それぞれ意見を出し合う事になった。

「性別は男性でも女性でも構いませんが、あまりお歳を召した方では困りますね」

「そうだね。出来れば長く勤めてもらいたいしね」

メリーベルが最初に挙げた条件の年齢。これは、短期間でコロコロと人員を変える事が難しいから当然の条件だと思う。

続いてセバスチャンが懸念点を挙げる。

「仕事が出来るのは当たり前なのですが、有能な若者を雇用するのは、思った以上に難しそうですな」

「そんな人は、国や貴族家で重要な仕事に就いているでしょうしね」

「仕事だけ有能でも人柄に問題があれば、我が家では務まりません」

「聖域の屋敷ではなく、ボルトンで働くという方法もありますが、信用出来ない人柄の男性はボルトンの屋敷にも入れたくありません」

「うちは女性ばかりだからね」

メリーベルの心配もわかる。ベテランのメリーベルを除いて我が家のメイド達は、みんな若い女性ばかり。問題のありそうな人、特に男性だと心配なんだろう。

「少しまとめてみようか」

年齢は高すぎない事。当然、事務処理能力は優秀な事。大精霊達のチェックをぐり抜けられる事。そして人柄がいい事。こんな感じかな。

「この際、一から育てる事も視野に入れないと難しいかもしれないね」

「そうでございますね。既に事務仕事の有能な者は、どこかの紐付きの可能性が高いですからな」

「だよね。あと、僕達がバーキラ王国内で事務方を募集なんてしたら、ここぞとばかりに貴族家や豪商から売り込んでくるだろうね」

「バーキラ王国だけに絞る必要もないと思いますよ」

話し合いが錯綜してきたな。まあ、聖域の仕事は大金が絡むからね、事務方の人材雇用は慎重にもなる。

奴隷を購入して事務方として雇いつつ、その身分から解放してあげるという手もあるけど、犯罪奴隷は論外。借金奴隷は借金の内容次第かな。ギャンブルなんかで身を持ち崩した人は雇いたくないからね。親の借金で売られたのなら問題はないのだけど。

「一応、奴隷も選択肢に入れて考えてみようか。レーヴァみたいに自身に責任はないのに奴隷落ちしているケースもあるからね」

「では、ムーラン奴隷商会に相談してみるといいかもしれません」

ソフィアによると、ムーランさんは信用に足る人との事。これには、ムーランさんのソフィアやマリアに対する扱いを知ってるので、僕も納得出来る。

メリーベルがまた別の選択肢を提示してくる。

「旦那様、他にも魔大陸という選択肢もありかと思います」

「魔大陸か。でも魔族は脳筋が多いよ。鬼人族で文官なんて一人しか知らないし」

もちろん、ここで言った鬼人族の文官とは、アキュロスの女王フラールの側近リュカさんの事だ。

「そうなのですか？」

「メリーベルは知らなくても当然だけど、魔大陸に住む獣人族も漏れなく脳筋だったよ。唯一の例外がサキュバス族ですもん。差し障りありそうでしょう」

「ああ、なるほど……」

サキュバス族の女性は優秀だから、文官に向く人も多いだろうけど、人口比率で男が少ない聖域には向かないと思う。色々大変そうだもの。

その場の総意で、魔大陸は除外する事が決まった。

「なら、有翼人族も外した方がいいかな」

「そうですな。長らく貨幣経済と離れて暮らしていましたので、教育するにも大変かと思われます」

真面目な人の多い有翼人族だけど、長きにわたり自給自足の生活を送ってきたからか、お金を見た事もない人ばかりだった。当然、計算なんてあまり必要がなかったから、一から教えるのは大変だ。

話し合いをまとめるように、セバスチャンが言う。

「色々考慮してみると、一度ムーラン嬢に相談してみてもいいかもしれませんな」

「そうだね。幼いマリアを教育したムーランさんの所なら、ひょっとするかもね」

そんなわけで、ムーランさんに相談する事に決まった。方針が決まって安堵していると、セバスチャンが笑みを浮かべて告げる。

「という事で、旦那様、残った書類をお願いします」

「……考えないようにしてたけど、書類は勝手になくならないよね」

書類仕事からは逃げられないようだ。

7　事務員さん雇用

今日、僕はボルトンに来ていた。

お供はいつものソフィアと、セバスチャンにメリーベル。ちなみにマリアとアカネは、服のデザインと試作に忙しいとの事。

僕達は、普通の馬車でムーラン奴隷商会に向かう。

何故普通の馬車かというと、ツバキの引く馬車は目立ちすぎるからで、それ以外の理由はない。複数回進化を遂げたツバキの巨体と威圧感は、街中を走るのには違和感がありすぎるからね。


「到着しました」

「ありがとう、セバスチャン」

駆者を務めてくれたセバスチャンが、ムーラン奴隷商会に着いたと声をかけてきた。馬車置き場に馬車を停めると、ムーラン奴隷商会の馬番が預かってくれる。

僕が馬車を降りると、ムーランさんが出迎えてくれた。

「お久しぶりですね、イルマ様。ご活躍のようで、噂を聞くたびに私も嬉しく思っていました」

「お久しぶりです、ムーランさん。今日はご相談に来ました」

僕のあとにソフィア、次いでメリーベル、駆者席からセバスチャンが降りてきて、僕の側に控える。

「紹介しますね。ソフィアは紹介の必要はないですよね。それで僕の横にいる彼は、家宰をお願いしているセバスチャン。彼女がメイドの統括をお願いしているメリーベルです」

僕がムーランさんにそう言って紹介すると、セバスチャン、メリーベルが自ら話し出す。

「お初にお目にかかります、ムーラン様。私、イルマ家の家宰を務めております、セバスチャンと申します」

「私は、イルマ家のメイド長を務めますメリーベルと申します。よろしくお願いします」

「ご丁寧にどうもありがとうございます。当商会の主人ムーランと申します。外では何ですので、どうぞ中へお入りください」

ムーランさんの先導で商会の中に入る。来客用の応接室に通され、そこでお茶を飲んで少し雑談してから、僕は今日来た用件を切り出す。

「実は、事務系の仕事を手伝ってもらえる人を探しているんです」

「ご活躍ですものね。流石にイルマ様がご自分ですべて処理するのも限度があると思います」

「そうなんです。色々と手を広げすぎちゃって、処理する書類の量がハンパないんですよ。セバスチャンやメリーベルにも手伝ってもらわないと終わらなくて……」

「わかりました。では、少しお待ちください。王都のお店にいる子も含めて、ご紹介出来る子がいるか調べてみますね」

「お願いします」

　ムーランさんによると、ムーラン奴隷商会は堅実な運営をしていて、ここのところ続く好景気で利益も上げているとの事。王都にもお店を拡大したそうだ。

　ムーランさんが一旦退室する。しばらく待っていると、ムーランさんが分厚いファイルを持ったお店の番頭さんを連れて戻ってきた。

「イルマ様もご存知だと思いますが、奴隷にも色々な背景があります。ソフィア様のように戦争で捕虜となり、売られてくるというケースや、マリア様のように子供の頃に売られてくるケースなど、様々です。このファイルには、自身が理由で借金をした者も入っていますが、お酒やギャンブルなどで身を持ち崩した者は除外してあります」

　自分のせいで奴隷落ちした場合であっても、その理由が仕方ない事もあると思う。そのあたりの背景まで詳しく調べられているようだ。

「私の商会では子供の場合、どこに出しても恥ずかしくないよう、教育をしっかりしています。そのため、これだけの人数が候補としていますが、他の商会ではそうではないでしょうね。事務方や文官の役割を担える奴隷は難しいと思いますよ」

ムーランさんの説明を聞きつつ、ファイルを見ていく。

ファイルには、奴隷の性別、名前、年齢、奴隷落ちした理由などが書かれていた。借金奴隷や犯罪奴隷の他に、マリアのように子供の頃からムーラン奴隷商会で保護され、教育を受けている奴隷達も何人かいた。

「狙い目は商家の娘や息子で、奴隷落ちのきっかけが本人に責任がなく、それでいて能力に問題ないパターンかな」

僕がそう言うと、セバスチャン、メリーベルが応える。

「あとは、子供の頃からムーラン殿の教育を受けてきた方でしょうか」

「そうですね。最終的な人柄の判断は大精霊様方にお任せするしかありませんので、多めにリストアップして面接しましょうか」

「だ、大精霊様方ですか？」

メリーベルの口から漏れた大精霊というワードに、ムーランさんが驚いている。

僕はムーランさんに説明する。

「ええ、実はうちの屋敷で雇用する人は、大精霊の面接を受けてもらう事になってるんです」

さらに、聖域という特殊な土地ゆえ、そこに入るだけでも大精霊に認められないといけないという事を伝えた。

「……あ、あの、大精霊様方は、人の中身がわかるのですか？」

「まあ、その人が比較的善良な人なのかどうか程度ですけどね」

「そ、それでも凄いですね」

少し引き気味のムーランさん。そんな彼女をよそに、僕、ソフィア、セバスチャン、メリーベルの四人で、これはと思った人をリストアップしていく。

とりあえず現在ここにいる奴隷の中から面接する人を選び、足りない場合は王都のお店でも面接するか決めようという事になった。

ムーランさんが、ふと思い出したように尋ねてくる。

「そういえば、何人くらいをお考えですか？」

「一応、最低でも二人は欲しいと思っています」

聖域の屋敷で書類仕事を専門にするのに一人は最低欲しい。あとは、ボルトンの屋敷でセバスチャンの補佐も兼ねて、もう一人いてもいいだろう。

ボルトンの人員を増やすのは、これからもっと書類仕事が増えそうだから。アカネとマリアが進めている服飾関係の仕事が増えそうだし、何故かボウリングの事がパペックさんに漏れちゃったしね。

漏れたルートは、たぶんアカネかマリアだと思うけど、ひょっとするとセバスチャンあたりかもしれない。

いずれにしても、ボルトンやウェッジフォートで、既にボウリング場が建てられる場所が探されているとの事。早くもレーヴァはそのせいで、ボールやピンの製作に追われている。

いくら何でも動きが早すぎるので、パペックさんに一言文句でも言おうかと思ったけど……ボルトンの屋敷で働く者の中には、聖域のボウリング場を使えない人もいる。そういう人達のためにも、聖域以外にボウリング場が出来るのは歓迎すべきかもしれないね。

僕は空気の読める雇用主だ。結局、ボウリング場建設も黙認しちゃったんだけど、別にみんなの無言の圧力に負けたわけじゃないからね。

もう、僕が何か行動すると書類の山が増える悪循環になっている気がする。儲かっているので悪循環なんて言うのはダメなんだろうけど。

それはさておき、どんなふうに人を見極めていけば良いかな。

これまでは、とにかく運が良かったの一言に尽きる。ソフィアやマリアと出会えたのも、その後レーヴァと出会えたのも、周りにいる僕を助けてくれる人達と出会えたのも、すべて運が良かっただけだ。

だから、僕は人を見る目にまったく自信がない。

そんなわけで、ストレートにムーランさんに聞いてみた。

「ムーランさんのお薦めの人っていますか？」

「お薦めですか？　そうですね……彼女なんていかがでしょう。幼い頃からしっかりとした教育を受けていますし、礼儀作法も問題ありません」

「こ、この人は……」

「「…………」」

ムーランさんがファイルから抜き出した一枚に驚く。セバスチャンやメリーベルも絶句している。

そこに記されていたのは、とある貴族令嬢の詳細な情報だったからだ。

「ムーランさん、その方は……」

「権力闘争に敗れた家の犠牲になった可哀想な子です」

「……それで、犯罪奴隷扱いでございますか」

セバスチャンが言ったように、その子は犯罪奴隷だった。普通なら、犯罪奴隷扱いなどありえないのに。

「そう。彼女をうちの店で拾えたのは偶然だけど、よその奴隷商なら悲惨な末路しかなかったでしょうね」

それはそうだろう。犯罪奴隷の行く末など碌でもない。実際に犯罪に手を染めた奴ならそんな境遇も自業自得だと思えるけど……

「うわぁ、これ、バーキラ王国じゃないですか」

「どこにでもあるお話ですが、これは看過出来ませぬな」

「……陛下に恩赦をお願い出来ないでしょうか？」

セバスチャンもメリーバルも顔を蒼白にさせている。

資料には「某国」とだけ記してあったが、名前が完全にバーキラ王国の男爵家だった。

バーキラ国内でも、対立する派閥の貴族同士が足を引っ張り合うのは珍しくもない。だが、爵位を取り上げられてなおかつ、子供が奴隷商に売りさばかれてしまうというのは珍しい。何か、胸糞の悪い裏がありそうだ。

「この子、よく国内で売られましたね。普通に考えれば、外国に売り飛ばすと思うんだけど」

「そのあたりは、偶然私が見つけたとしか言えません」

ムーランさんの濁した言い方でわかった。決して偶然じゃなく、ムーランさんのほうで動いたのだろう。

ムーランは悲しげな表情を浮かべて続ける。

「彼女のお父様は、爵位を取り上げられたショックで亡くなられました。奥様もショックのあまり身体を壊されていたのですが、今はご実家の子爵家に戻られています」

「何故、このお嬢さんだけ売られたのですか？」

「そんなに難しい話ではありませんよ」

その男爵家では、自分の立ち上げた商会を使って、聖域からパペック商会を通じて仕入れたワインの輸出を行っていたらしい。

聖域産のワインは高値でも飛ぶように売れるので、他国に転売して儲けるのもわかる。それも、聖域産のラベルのまま
「男爵家の内部にいた何者かが、ワインに混ぜ物をして水増ししていたそうです。それも、聖域産のラベルのまま」

「ブレンド自体を否定はしないけど、水増しはダメだよね」

「はい。当然、男爵の知らぬところで行われていた事ですが、それを、男爵家が所属していた国王派と対立する貴族派の有力貴族が暴(あば)き出し、告発。そして改易(かいえき)という流れに」

「マッチポンプってわけですね」

「その通りです。実際にワインの水増しをしていた者は貴族派の者でした」

それで、一人娘の彼女が奴隷となったのは、彼女がワインの水増しによる利益を隠す裏帳簿を付けていたため。もちろん実際付けていたわけではなく、わざわざ彼女の筆跡を真似た裏帳簿が用意されていたようだ。

いくら優秀で賢くても、まだまだ年若い少女。老練(ろうれん)な大人達の前で身の潔白(けっぱく)を訴え、冤罪(えんざい)を証明するなど無理だった。

「調べる側が貴族派の息のかかった奴らでしたから、なおさらです」

「それで犯罪奴隷ですか……」

その後、足がつきにくい外国に売り飛ばされるはずだったが、いち早く察知したムーランさんが

裏から手を回して高値で買ったそうだ。

「ソフィアといい、この子といい、ムーランさんは本当にお人好しですね。まあ、そのおかげで僕はソフィアと出会えたんですが」

「フフッ、私どもも商売ですよ。彼女なら買っていただけると思っていましたから」

何だか、最初から僕を想定していたような言い方だけど、違うよね。

ムーランさんの話では、ここ数年の国の繁栄に、国王派と敵対する貴族派は焦っていたらしい。

それで、派閥のパワーバランスが国王派に傾く中、ありもしない冤罪で国王派の貴族を陥れたのだろうと。

「男爵の領地の場所が良すぎたのも、妬みを集めた理由でしょう。交通の要所にあったため、好景気に沸いていたのです。なお奪った領地は、貴族派の貴族達で山分けにする予定だったそうです」

「予定という事は、そうならなかったんですね」

「はい。遅きに失するとはこの事だと思いますが。この爵位剥奪に疑問を持ったポートフォート卿が諜報部に調べさせ、冤罪だと明らかにしたのです。ですが、すべてが終わったあとでした」

男爵を嵌めて陥れたのは、貴族派の伯爵家。さらに厄介な事に、その寄親は陛下の叔父で公爵家だった。

ポートフォート卿ことサイモン様は、すべてを理解したうえで、男爵領を王家の直轄地として管理しつつも、行く行くは男爵の血筋に預け、家を再興させてあげようと考えているとの事だった。

「でも、爵位を取り上げる前に気がつかないのかな？」

僕がそう疑問を口にすると、メリーベルとセバスチャンが答える。

「貴族間のトラブルはたくさんありますからね。下級貴族の取り潰しまでチェックするのは難しいと思いますよ」

「すべてが終わったあとで気がつけただけでも、ポートフォート卿は優秀な宰相だと思われます」

僕は頷きつつ、セバスチャンに尋ねる。

「冤罪だとわかったんでしょう。なら彼女を解放出来ないの？」

「関わっているのが、公爵家と伯爵家という事もあり、取り潰しておいて間違いでしたとは言えないのでしょう。愚かな事ですが」

「それにイルマ様、借金奴隷とは違い、犯罪奴隷は基本的に解放は出来ません。特例として陛下に恩赦をいただくしかないのです」

セバスチャンに続いて、ムーランさんが答えた。

一度犯罪奴隷になった人を、簡単に間違いでしたとは言えないなんて……

僕がやりきれない気持ちでいると、ムーランさんが告げる。

「だからこそイルマ様なのです」

「……なるほど、旦那様なら陛下に恩赦をお願いするのも不可能ではありませんな」

「そ、そうなの？」

セバスチャンに向かってそう尋ねると、ムーランさん、セバスチャン、メリーベルが無言で頷く。

というか、彼女を買うのは既に決定だな。

僕の考えと皆同じようで、セバスチャンとメリーベルは次に面接する人材を探し始めていた。

「では、二人目を決めましょう」

「そうですね。これから事務仕事は増えていくので、あと二人は欲しいですね」

「この子なんてどうでしょう」

ファイルの中からムーランさんのお薦めの人を選んでもらい、とりあえずマックスでも四、五人に絞る事にする。

元々、人柄や奴隷落ち理由に問題のある人は除外してくれていたので、あとはセバスチャンやメリーベルの人生経験からくる人を見る目に任せる事にした。

僕は最終的に決断する役目だけで大丈夫だろう。

◇

結果、セバスチャンとメリーベルが面接を決めたのは、例の元貴族令嬢を含めて三人になった。

早速、大精霊ズにお願いして面通ししてもらう。

「うん、問題ないいんじゃない。じゃあ、私達ボウリングの途中だったから行くわね」

「じゃあね～」

「もう、急に呼ばないでよね」

「……またね」

そんなにボウリングにハマっているのか。セレネーに至っては怒られたよ。

あっという間に消えた大精霊ズの事は忘れて、仕切り直しだ。

さて、気を取り直して面接に戻ろう。

改めて目の前に並ぶ三人を見る。

シャルロット・フォン・ボルド（18歳）

元男爵令嬢。青い髪に青い瞳の美少女。

政争の犠牲者で、犯罪奴隷となっている。本来なら他国へ売られるところを、ムーラン奴隷商会が裏から手を回して手に入れた。

美少女なのは間違いなく、有能なのはムーランさんのお墨付き。

父親が無念のうちに早世（そうせい）し、母親も実家に戻っている。政争の渦中（かちゅう）にあるため、心配は尽きなさそうだ。

うん、この子はあと回しにしよう。どうせ、ここまで話を聞いちゃったら、放っておけないしね。

買ってから陛下に話を通して恩赦をいただき、解放する流れになるだろう。

ジーナ（16歳）

セミロングにした濃いめのブルネットの髪と、ブラウンの瞳。真面目さがその見た目から感じ取れる美少女。

商家の次女に生まれたが、親の借金で店が立ち行かなくなり、資金繰りのために売られたという。

ムーランさんからもらった情報によると、この子の実家が傾いたのには、僕も無関係じゃないみたい。

元々、魔導具を扱う中堅の商会だったが、躍進目ざましいパペック商会にシェアを奪われた。それで起死回生の一手を狙い、巨額の開発費をかけて、パペック商会の扱う浄化の魔導具よりもいい魔導具を開発しようとした。

それで大失敗。

だから、僕に対して思うところがあるかもしれない。

アンナ（15歳）

肩までのストレートの銀髪と翠(みどり)の瞳。クール系美少女。

彼女の家も小さなお店を開いていたそうだが、父親がギャンブルで作った借金のために売られたとの事。クズな親でも、子供は親を選べないからね。

この子の環境は……救いようがない。父親がダメすぎる。

この子自身の能力は非常に高く、読み書き計算はもちろん、礼儀作法や料理に裁縫と、オールマイティにこなす。

ただ、ここに来た原因が原因だけに、人生を諦めているようだった。年齢の割に大人っぽい知的な雰囲気の冷めた目で僕達を見ていた。


一通り確認し終えると、セバスチャンが三人に向かって言う。

「いくつか質問させていただきます。私は、イルマ家の家宰を務めますセバスチャンと申します。まず、今回私どもが求めているのは、増え続ける書類の処理を手助け出来る人材です。魔導具の販売益と特許関連やポーション類の販売益などなど、書類が増える事はあっても減る事はありません。即戦力を求めています。そこで率直に伺いますが、当家で働きたくない方はおっしゃってください」

続いてメリーベル。

「重要な書類を大量に扱う仕事ですので楽ではありませんし、当家に不利益をもたらす人は雇用出来ませんので」

三人は沈黙していた。緊張してるだけかもしれないけど、いずれにしてもうちで働きたくない人はいないみたいだね。

僕は三人に言う。

「数年頑張って働いてくれたら、奴隷の身分から解放出来るくらいには給料は払うつもりです。出来れば解放後も、僕の所で継続して働いてほしいんだけど、どうかな？」

「ぜひ私を買ってください！」

最初に口を開いたのは、商家の次女ジーナさんだった。

「私は実家でも経理から商品管理までしていました。お役に立てると思います」

「実は、ジーナさんの実家が傾いたのは、僕も無関係じゃないよ。それでも大丈夫かな」

僕が尋ねると、ジーナさんは首を横に振って答える。

「うちが傾いたのは、お父様が無謀な博打（ばくち）に出たからです。パペック商会と張り合う事をしないで、地道にコツコツと商売をしていれば良かったんです」

「わかった。じゃあアンナさんはどうかな？」

ジーナさんは前向きだし問題なさそうだったので、すべてを諦めたような目をしたアンナさんに質問を振る。

「……解放されても帰りたい家はありませんから、買っていただいたら、与えられた仕事をするだけです」

「ま、まあ、今はそれでいいよ」

自分でも能力が高い自覚はあるだろうアンナさん。それにもかかわらず、親のギャンブルの借金のカタで売られたんだから、すぐには前向きになれないよね。少しずつでも元気になってくれればそれでいい。

「それで最後にシャルロットさんですが、あなたを購入する事は決定です。あなたの意思がどうであれです」

「…………」

貴族令嬢から犯罪奴隷に落ちた、シャルロットさんが一番心が折れているようだ。

さて、次はサイモン様と交渉だな。

8 早い方がいいよね

「また人材が必要な折は、我が商会にお声かけください」

「今日はありがとうございます」

ムーランさんに三人の代金を支払い、三人を馬車に乗せ、ひとまず屋敷に帰る事にした。

「旦那様、途中服屋に寄りますね」

「頼むよ、メリーベル」

ムーランさんが用意してくれた三人の服は、奴隷らしい貫頭衣（かんとうい）ではなく簡素なワンピースだったが、流石にそれ一着じゃね。

「旦那様、彼女達はしばらく聖域のお屋敷で仕事をしてもらおうと思います」

「そうだね。シャルロットさんは周りの目がない方がいいだろうね」

メリーベル達が買い物をしている最中、馬車に残った僕に、馭者台に座るセバスチャンが三人の仕事場について話してきた。

パペック商会との折衝など、いずれはボルトンの屋敷でも仕事してもらう予定だけど、それは環境に馴染んでからでいいと思う。

「彼女達を聖域の屋敷に連れていったあと、旦那様は王都ですか？」

「うん。シャルロットさんの問題を解決しておきたいからね。すぐにサイモン様と会えるかわからないけど」

「ですな。働いてもらうのにも、解放される身分であるという事は大事ですからな」

「だよね。何とか恩赦を勝ち取ってくるよ」

「事情が事情なので大丈夫だとは思いますが、シャルロットさんのために頑張ってください」

やがて、メリーベル達が戻ってきた。

「お待たせしました」

「じゃあ屋敷に戻ろうか。お願いセバスチャン」

「かしこまりました」

セバスチャンが馬車を、ボルトンの屋敷へ向ける。

シャルロットさんの件は、出来るだけ早く動いた方がいいとムーランさんにもアドバイスをもらっていた。どうやら貴族派の中で今回の事で利益を得られなかった奴らが、シャルロットさんを捜しているらしいのだ。


ボルトンの屋敷に到着すると、メイド達が出迎えてくれた。

セバスチャンを屋敷に残し、僕はメリーベル、ソフィア、それと三人の少女達を連れて地下室に向かう。

「ここで見る事は秘密だからね」

「はい」

「「………………」」

ジーナさんは元気よく返事してくれた。彼女は気持ちの切り替えが上手くいっているけど、シャルロットさんとアンナさんは、心ここにあらずな感じだ。まあ今はそれでもいい。

「なっ!? これは古代遺跡なのですか？」

「えっ！」

「……嘘」

「さあ、ついてきてね」

三人が転移ゲートが設置された地下室を見て呆然としている。僕は手早く三人の魔力を登録すると、ゲートを起動させて聖域の屋敷へ転移する。

転移先の同じような転移ゲートが設置された地下室から一階に上がると、ジーヴルとマーベルが出迎えてくれた。

「「お帰りなさいませ、旦那様」」

「マリア様やアカネ様はカエデさんと工房に籠もられています」

「はぁ、服飾の方は順調みたいだね。それと彼女達がしばらくここで暮らす事になったから、色々とサポートを頼むね」

マリアとアカネは工房でデザインを描いているらしい。いつも飽きっぽいアカネだけど、好きな事には熱心だからね。


「うわぁー！」

「……凄い」

「……………こ、ここは」

一階のリビングの大きな掃き出し窓から望む、精霊の泉とその奥の精霊樹。その幻想的な風景に言葉をなくす三人の少女。

「マーベル、荷物を置いたら今日はこの屋敷を案内してあげてくれるかな。僕はちょっと王都で用事があるから」

「かしこまりました」

未だ呆然とする三人をマーベルに任せ、僕はソフィアと転移した。


王都近くにやって来ると、そこから徒歩で王都の門に並ぶ。

「こんな時は貴族が羨ましいね」

「好景気だけあって、門に並ぶ列の長さも凄いですからね」

大人しく並ぶ僕らの横を、貴族の馬車が追い越していく。貴族には専用の門があるのだ。

ここのところの好景気で王都に出入りする人の列はとても長い。結局、僕達が王都に入るのに二時間もかかってしまった。

王都に入ると早速、サイモン様にアポイントを取る。

すぐに返事をもらえ、明日の昼から時間を割いてくれるというので、王都の高級宿に部屋をキープして明日に備える事にした。

といっても、実際には聖域の屋敷に転移で戻って寝るんだけどね。高級宿の部屋は転移用だ。

夕食までまだ時間がかなりあるので、久しぶりにソフィアと二人で王都デートと洒落（しゃれ）込もう。ソフィアも二人でデートは久しぶりなので嬉しそうだ。

そうして夕食の時間までデートを楽しみ、宿で食事をとったあと、部屋から聖域の屋敷に転移した。

明日の朝一で部屋に戻って朝食をとったあとに、サイモン様との約束かな。

◇

そして翌朝。宿に馬車を手配してもらい、ソフィアと二人で王城に向かう。

案内の騎士のあとについていくと、いつもと違う小さな会議室のような部屋に通され、そこでソフィアと二人で待つ。

しばらくして部屋に近づいてくるサイモン様の気配を感じた。

「ん？　珍しいな。サイモン様お一人みたいだ」

「タクミ様、おそらく部下といえど、出来るだけこれから私達のする話を聞かせたくないのでしょう」

「なるほど、外聞が悪すぎるか……」

「はい」

部屋のドアが開いて、サイモン様が入ってきた。

サイモン様は、僕達の対面の椅子にドッカと座ると、大きな溜息を吐いた。その顔は酷く疲れているように見える。

「はぁ～、久しぶりだな、イルマ殿」

「ご無沙汰しています、サイモン様」

「はぁ～、やはりイルマ殿が買われていたか……」

サイモン様が何度も溜息を吐いてそう言った。どうやら今日僕達が訪れた理由をすべてわかっているようだ。なら、説明が省けていい。

「ボルド男爵の息女の話であろう。儂もまさか男爵令嬢を犯罪奴隷として売り払うなど予想もせんかったわ」

サイモン様が言うには、今回の件を仕掛けた複数の貴族派の貴族は、ボルド男爵家を没落させるだけに飽き足らず、賢く美しいシャルロット嬢を手篭めにしようとしていたらしい。犯罪奴隷として他国に流れていたら、どんな事になっていたか想像を絶する。

「シャルロット嬢を捕縛して奴隷商に引き渡した兵士は、貴族派の息のかかった者でな。奴隷商も同じじゃ。事が発覚してから兵士や奴隷商を捕らえて尋問したが、シャルロット嬢の行方はわからなんだ。はぁ、それがイルマ殿のもとにいるとは……」

「ムーランさんのファインプレーですよ。国外に売り飛ばされる間際で強引に買い取ったんですから」

シャルロットさんを欲しがっていた貴族派の貴族は、国外で彼女を手に入れる手筈だったらしい。

犯罪奴隷なので解放する必要もない。優秀な彼女を扱き使い、容姿が優れた彼女のすべてを骨の髄までしゃぶり尽くすつもりだったようだ。

「それで、シャルロットさんはどうなりますか？」

「……それなんじゃがな」

バーキラ王国としては、ボルド男爵の爵位を剥奪した事実をなかった事にしたいらしい。だが、取り上げてしまった領地は今さらなかった事にできないので、ボルド男爵家を領地を持たない法衣男爵として書類を改竄したのだとか。

「当然、シャルロット嬢の犯罪履歴などなくなる。奴隷となった証拠も何も綺麗に真っ白にな」

「はぁ、僕はそれでも構いませんが、ムーランさんに証拠書類の破棄を伝えるのはサイモン様からお願いしますね」

「もちろんじゃ。既に手を回してある」

あまりの強引さに、僕は溜息を吐いてしまった。まあ、でも捉えようによっては、これがシャルロットさんにとって最善だと思える。

「それで、騒ぎの元となった貴族派の連中はどうなるのですか？」

「ワインの水増しの実行犯は、暗部に追わせておる。指示した貴族派の連中の尻尾が掴めればいいのだがな。これがなかなか難しいのじゃ」

サイモン様的には貴族派の力を削ぐきっかけにしたいそうだが、出来ても小物の何人かの家を取り潰すか罰金程度だろうとの事。

「派閥のトップが陛下の叔父上だからな。そう簡単に手を出せぬのだ」

「はぁ、貴族の話はもういいです。とりあえずシャルロットさんを解放して、王都に連れてくればいいのですか？」

「いや、今シャルロット嬢を王都に戻すのは早すぎるだろう。貴族派から婿でも送り込まれて、家を乗っ取られそうじゃ。しばらくイルマ殿の所で保護してくれぬか。イルマ殿のもとより安全な場所などないだろう」

「まあ、聖域ですからね」

そこで、シャルロットさんの母親の事を思い出したので聞いてみる。

「そういえば、シャルロットさんのお母様にはどう説明しているのですか？」

「……領地没収については、自分の商会で行われていた犯罪を見落とした責として、無理やりだが押し通させてもらった。シャルロット嬢については、信頼出来る者に預けているとだけ伝えてある」

「信頼出来る者って……僕の所にいるのはわかってたんですか」

「確証はなかったが、まあ、何となくは掴んでおったのじゃ。ボルトンのイルマ殿の屋敷や周辺は、護衛の意味もあって、我が手の者を多く配置しているからな」

ボルトンには色んな勢力の間諜が大勢配置されているのは知っている。僕が奴隷商でどんな人を求めたのかくらいは、すぐに伝わってしまうのだろう。

「すぐにシャルロット嬢を買った代金を持ってこさせる。これで、シャルロット嬢が売り買いされた事実はなかった事にしてくれ」

「わかりました。元々恩赦をいただけないかお願いに来たんです。多少形は変わりましたが、これが最善なんでしょう」

「うむ、よろしく頼む」

その後お互いに情報交換をして、シャルロットさんを買った金額をもらい、僕は王城をあとにした。

戻って、すぐに奴隷から解放してあげないと。

9 シャルロットの処遇

どうして私はこの場所にいるのでしょう。

私の名前は、シャルロット・フォン・ボルド。ボルド男爵家の長女だった者です。

いつもの日常が当たり前のように続くと思っていたあの日、ボルド男爵家は突然なくなってしまいました。

お父様はあまりのショックで亡くなり、お母様も倒れてしまわれたのです。

そして私は兵士に拘束され、気がついた時には奴隷商会の小さな部屋。そこには、私以外にも同じ年頃の少女が二人いました。

環境が激変した事で呆然とする私と、二人の少女のうちの一人アンナさん。そんな二人を、もう一人の少女ジーナさんが慰め、元気づけてくれています。

ジーナさんは商家の娘で、事業に失敗した父親のせいで売られてきたそうです。親に売られるという酷い目に遭っているのに、ジーナさんはとても前向きで、すぐに自分を買い戻すと言っていました。

一方、アンナさんが奴隷落ちした経緯は、ジーナさんよりもさらに酷いものでした。

彼女の実家も小さな商家だったのですが、父親がギャンブル狂いで、その借金のために売られたそうです。

とても聡明な彼女は、実家の商家を一生懸命切り盛りしてきたが、それがこのような目に遭わされ、心を閉じてしまうようになるなんて。

……でも、それは私も同じ。

ボルド男爵の一人娘として大事に育てられ、王都の学園を首席で卒業した私は、領地経営にも関わり、自分でも優秀だと自負していました。

それが無実の罪を着せられ、冤罪だと反論する機会も与えられず、奴隷落ち。私は犯罪奴隷になってしまったので、今後解放される事はありません。

つまり、私の人生は終わったも同然でした。

私達三人をまとめて買った方が、イルマ様でなければ——


あれは、ここに来て幾日も経っていないある日。

この奴隷商会の主人であるムーランさんが、私達三人を別室に連れていきました。

そこで待っていたのは、銀髪の青年と、初老の男性と、ベテランのメイドらしき女性。

私はその時、これが私達が買われるための面接だと気がつきました。それはそうよね。私達は奴隷で、ここは奴隷商会なんだもの。

青年の名前は、タクミ・イルマ様。バーキラ王国で知る人ぞ知る有名人で、私でも知っています。

そして、我がボルド男爵家が大きな利益を上げていたワイン事業における、ワインの産地である聖域を管理している方。

陛下、宰相、ボルトン辺境伯などの有力者も一目置き、今のバーキラ王国の隆盛は、イルマ様のおかげ、お父様もそう言っていました。

イルマ様は、増え続ける書類を処理する人材が必要だと言い、そこで私達が候補に挙がったとの事でした。

しかし、私は何もやる気が起きませんでした。面接中、随分と無気力に見えたでしょうね。こんな私など買う事はないでしょう。

そう諦めていた矢先——突然、部屋にもの凄い存在感を放つ女性達が現れたのです。

「うん、問題ないんじゃない。じゃあ、私達ボウリングの途中だったから行くわね」

「じゃあね～」

「もう、急に呼ばないでよね」

「……またね」

そう言うと、女性達はその場から消えてしまいました。

……あの方達が大精霊様方なのですね。無気力に椅子に座っていた私でも、驚いて反応してしまいました。

その後、セバスチャンさんという家宰の方と、メリーベルさんというメイド長が何か言ってました。二人は、私ではなくジーナさんとアンナさんに買われてもいいか確認していたのだと思います。

そのあと、イルマ様が私の目を見つめこう言ったのです。

「それで最後にシャルロットさんですが、あなたを購入する事は決定です。あなたの意思がどうであれです」

「………………」

私は犯罪奴隷。鉱山に送られても、性奴隷にされても、拒否する権利はありません。

こうして私達三人はイルマ様に買われ、ボルトンのお屋敷へ馬車で向かいました。

イルマ様のお屋敷は、驚きの連続でした。

門を護るゴーレム。そして地下には、古代遺跡から壊れて機能しない物が見つかったと耳にした事がありましたが……転移ゲートがありました。

イルマ様は、私達の魔力をゲートに登録すると、何も説明せずにゲートをくぐらせました。

転移先の部屋から階段を上がると、また別のお屋敷の中のようでした。大きな窓の向こうには、幻想的な光景が広がっています。

多くの貴族や豪商が求めても入る事が出来ない、選ばれた者だけがそこに入る事を許されるという……

そう、ここが聖域なのですね。

イルマ様は、私達の事をメリーベルさんに任せると、ソフィア様を連れてどこかへ行ってしまいました。

そして次の日、私は一人イルマ様の書斎に呼ばれました。

◇

僕、タクミは、書斎にシャルロットさんを呼び出した。

王都でのサイモン様とのやりとりをどこまで話そうかな。知らない方が幸せって事もあるだろうからね。

「それでまずは、シャルロットさんを奴隷契約から解放します」

「……あ、あの、私は犯罪奴隷なので、解放は無理なのでは」

唐突に言ったのがまずかったかな。普通ならそうだから、真っ当なリアクションだよね。

「うん。実は王都で宰相のサイモン様と会ってきたんだ。それで、ボルド男爵家の爵位剥奪の撤回と、シャルロットさんが犯罪奴隷となった記録を抹消して、奴隷になった事実をなかった事にしてきました。ただ申し訳ないけど、ボルド男爵家の領地は戻りませんでした。その代わりと言ってはなんですが、法衣男爵として王都に新しい屋敷をもらえるそうです。当面は、実家で静養されているシャルロットさんのお母上が、名誉男爵として家を保つ事になると思います」

「え……」

丁寧に経緯説明してみたけど、それでも事情が事情だからな。シャルロットさんは理解が追いつかないみたいで、口をポカンと開けている。

「ああ、それと、しばらくほとぼりが冷めるまで、シャルロットさんは王都に用意された屋敷に行けないと思うんだ。だから少しの間、この屋敷で暮らしてもらう事になるね」

「は、はぁ……」

怒涛の情報ラッシュに、シャルロットさんは生返事するのが精いっぱいの模様。

僕は彼女を安心させるように、ゆっくりと告げる。

「王都の貴族派を少し締めつけて、風通しを良くするってサイモン様も言ってたから、そのうち王都の屋敷で暮らせるようになるよ。だけど、療養を兼ねてここでゆっくりと心身ともに癒すのもいいと思う」

シャルロットさんは恐々としつつ、小さな声を発した。

「……あ、あの、本当に犯罪奴隷なのに解放されるのですか？」

「もう、記録上はシャルロットさんが奴隷にされた証拠も、ムーラン奴隷商会に拾われ、僕が買った証拠もなくなってるからね。おっとそうだ、先に解放してしまおうか」

「ちょ、ちょっと待ってください！」

さっさと解放すれば信用してくれるだろうと思ったのに、シャルロットさんは何故か慌てて僕を止める。

「ん？　どうしたの？」

「このまま解放してしまえば、イルマ様は損をするのではないのですか？」

「ああ、大丈夫だよ。言ってなかったっけ？　僕がムーランさんに払った金額と同じ額をサイモン様からもらっているんだ。心配いらないよ」

そう返答してみたものの、シャルロットさんはまだ納得していないようだった。手放しで喜んでくれると思っていたけど、ちょっと違うみたいだね。

そこへ、さりげなく同席していたソフィアが言う。

「タクミ様、シャルロットさんはジーナやアンナに対して、自分だけ解放される事が後ろめたいのでは？」

「あー、その気持ちはわかるけど、ジーナやアンナもここで真面目に働いて三年もすれば解放出来ると思うよ。そのくらいは給金を払うつもりだし」

「そうですよ、シャルロットさん。そもそもジーナやアンナとは、奴隷になった状況が違うのですから」

ソフィアにも説得され、やっと納得してくれたシャルロットさんは、僕のディスペルを受け入れてくれる事になったのだった。


「ディスペル！」

シャルロットさんの白い肌に刻まれていた奴隷紋が消え、彼女が犯罪奴隷だった証拠はなくなった。

ここにいるのは、ボルド男爵令嬢のシャルロットさんだ。

「よし、これでシャルロットさんはボルド男爵令嬢に戻ったよ」

「あ、あの、イルマ様にお願いがあるのですが……」

「ん？　何かな？」

「しばらくお世話になるのですから、ジーナさんやアンナさんと一緒にお仕事をさせてもらえませんか」

「え、いいの？」

シャルロットさんからの申し出に驚くが、それはこっちとしてもありがたい。何せ書類の山は日々積み重なっているんだ。手伝いは多い方がいいに決まってる。

「はい。少しでもお手伝い出来ればと思います」

「ありがとう。もちろんちゃんと報酬は支払うからね」

これで話はお終いと解散しようとすると、シャルロットさんがまだ何か言いたそうにしている。

「あれ、まだ何かある？」

「あ、あの、もし可能ならばでいいのですが……お母様を安心させてあげたくて……」

「お、おお！　忘れてたよ。そうだよね、お母さんも心配しているよね」

シャルロットさんのお母さんは、憔悴して実家に戻っていたはずだ。ボルド男爵家の取り潰しは撤回されて、次の当主が決まるまでお母さんが名誉男爵になるんだったよな。

そこへ、ソフィアが告げる。

「タクミ様、どうせなら聖域に招いてはどうですか。私達と一緒が気を遣うのなら、宿泊施設の部屋で過ごしてもらう手もありますし」

「そうだね。ソフィアの言う通りそうしようか。シャルロットさんもそれでいいかな」

「ありがとうございます」

シャルロットさんが深々と頭を下げたので、僕は慌てて制止する。

「ダメだよ、シャルロットさん。シャルロットさんはもう男爵令嬢なんだから。僕は平民なんだよ」

「関係ありません。私が感謝したいのです」

「とにかく頭を上げて。早速シャルロットさんのお母さんに会いに行こう。急だからすぐに聖域に来られるかどうかはわからないけど、シャルロットさんの顔を見せて安心してもらおう」

「はい！」

よし、これで一件落着かな。

◇

ボルド男爵夫人、今はボルド名誉男爵であるシャルロットさんのお母さんは、パッカード子爵家の三女だそうだ。

名は、エリザベス・フォン・ボルド。年齢は三十歳を少し過ぎたばかり。

貴族令嬢としては普通らしいのだけど、僕の感覚ではシャルロットさんみたいな大きな娘がいる歳じゃないよね。

実際、会ってみてもその若さにびっくりしたよ。この世界の一般の人が早婚なわけじゃない。貴族ならではなんだろうな。

貴族の子息や令嬢は、早い段階で婚約する事が多いそうで、シャルロットさんのお母さんであるエリザベス様も、十歳になる前に婚約していたのだとか。

シャルロットのお父さんであるボルド男爵は優しくていい人だったそうだが、気弱で身体も強くなく、仕事も生粋の文官だったらしい。

根が善良な彼は、部下の中に悪事を働く者がいるなんて想定もしてなかったんだろう。精神的にも強い人ではなく、謂れなき罪をなすりつけられ、爵位を剥奪され領地を失うと、そのショックから倒れ、そのまま亡くなってしまった。

家がなくなり、夫をも失い、娘を犯罪者として連れていかれたエリザベス様は、あまりのショックで倒れてしまった。

それでも実家に戻って療養して体調を戻したら、夫と娘の無実を証明するために動き出そうと考えていたらしい。

「シャルロット！」

「お母様！」

そして今、僕の目の前では、嬉し涙を流しながら抱き合うエリザベス様とシャルロットさんがいる。

見ようによっては、姉妹にも見えるな。

パッカード子爵の領地は、ロックフォード伯爵領から少し南に行った場所にあり、サイモン様経由で連絡を取ってもらい、シャルロットさんを連れて訪れたんだ。

感動の再会をする親娘をソフィアと二人、少し離れた場所で見ていると、身なりの良い壮年の男性が話しかけてきた。

「イルマ殿ですな。儂はこの地を治め、子爵位を賜っているパッカードじゃ。このたびは孫娘の事、ボルド男爵家の事、お力添えいただき、礼を言う」

「これは、お初にお目にかかります。タクミ・イルマと申します。今回の件は、僕だけの力じゃありません。陛下や宰相のサイモン様、ムーランさん達の力です」

「謙遜しすぎるものではない。ただ孫娘が可愛いジジイからの感謝じゃ。素直に受け取ってくれぬか」

「わかりました」

パッカード子爵は今回の事で、バーキラ王国が裏で動いたのを知っているのだろう。まあ、少し考えれば、当然の話だ。

パッカード子爵は、ボルド男爵と同じ国王派で寄親でもある。寄子のボルド男爵家が嵌められ、爵位を剥奪され、領地を失った事実を、その裏事情を含めて詳しく調べたのだろう。可愛い孫娘までがターゲットにされたのだから、調べない方がおかしい。

「イルマ殿、ここだけの話をするぞ。今、貴族派と国王派の関係はかなり微妙でな。貴族派には、今回のように足を引っ張ろうとする奴らが多いんじゃ。今回、陛下やポートフォート卿の対応が後手に回ってしまったために、奴らに好き勝手させるのを許してしまったわけじゃが……奴らまだ諦めておらん。そこでじゃ、イルマ殿にしばらくエリザベスの保護も頼めぬか？」

パッカード子爵が小さな声で話し始めた内容は、極秘裏にエリザベス様を保護してほしいという事だった。

「法衣男爵とはいえ、役職もないエリザベスが王都の屋敷にいる必要もないからな」

「……確かに、ボルド男爵領でワインの水増しをした犯人はまだ捕まってませんしね。陛下とサイモン様が書類上、何もなかった事にしましたが、念のためエリザベス様の安全に気をつけた方がいいでしょうね」

ボルド男爵は病死として発表され、後継のいないボルド男爵家をエリザベス様が継ぐ事になった。今回の冤罪事件を裏で絵図を描いていた貴族には、サイモン様が暗部を動かすそうなので、最悪貴族派の貴族が一つか二つ減る事になるだろう。

そうなると、流石にないとは思うけど、エリザベス様が逆恨みされるかもしれないな。

「わかりました、パッカード子爵様。しばらくはシャルロットさんと一緒にエリザベス様を聖域でお預かりします」

「おお！　感謝するぞ、イルマ殿！」

僕の手を両手で取り、嬉しそうに振るパッカード子爵。

娘と孫娘が可愛くて仕方ないのだろう。

どうせならと、パッカード子爵も聖域の宿泊施設に招待しておいた。あそこならエリザベス様やシャルロットさんと一緒にゆっくりと出来るだろうしね。

◇

「シャルロット、凄いわ！　ここがあなたの仕事場になるのね！　羨ましいわ！　お母さんもここで暮らしたい！」

「お母様、落ち着いてください！　皆が見ています。恥ずかしいからやめてください！」

今、僕の目の前で、アラサーには見えない上品な女性がはしゃいでいた。

そしてそれを、顔を真っ赤にして止めるシャルロットさん。

パッカード子爵領で、親娘の再会を果たしたエリザベス様とシャルロットさん。二人をそのまま別れさせるのも忍びない、そう思った僕が、二人を聖域の宿泊施設に誘ったのだ。

パッカード子爵も一緒に誘い、部屋にチェックインするのに一階のロビーに入ったところで——

エリザベス様のテンションが爆上がりしてしまった。

この建物には、ドワーフの職人が手掛けた彫刻や装飾、エルフの職人製の調度品の数々があり、それらがエリザベス様のツボにハマったみたいだ。

「これこれエリザベス、落ち着かんか。お前も名誉男爵の立場なのじゃぞ。その身分にあった振る舞いをせねばならん」

「もう！　お父様はカタブツなんだから。傷心(しょうしん)の娘が喜んでいるのだから、温かい目で見るべきよ」

「はぁ～、ボルド男爵が甘やかしていたからか。もう少しお淑(しと)やかな娘だと思っておったが……」

いつまでもロビーで騒いでいるのもアレなので、さっさと部屋に案内しよう。

「まあまあ、ここでは何ですから、お部屋に案内しますよ」

「迷惑かけるな、イルマ殿」

「イルマ様、お願いします」

「シャルロットさん、僕の事は様なんて付けなくても大丈夫ですよ」

「いえ、私はしばらくはイルマ様のお仕事をお手伝いさせていただきたいと思っています。雇用主と従業員の関係ですから、ケジメは付けないといけません」

「よく言った！　シャルロットや、イルマ殿から受けた恩をしっかりと返すのじゃぞ」

「はい、お祖父様！」

僕の意思をよそに、シャルロットさんとパッカード子爵が話を決めてしまう。まあ、手伝ってくれるのは嬉しいけど……いいのか？　男爵令嬢だよ。

パッカード子爵とエリザベス様を部屋に連れていく。なお、パッカード子爵とエリザベス様用には、スイートルームを二部屋取ってあった。

親娘だから同部屋でも良さげだが、お互いに子爵と男爵、別々の貴族家だから一応そうしておいたのだ。

そして二人には部屋でくつろいでもらい、僕はシャルロットさんと屋敷に戻った。

「「お帰りなさいませ、旦那様、ソフィア様」」

「ただいま」

「ただいま戻りました」

ジーヴル他、メイド達に出迎えられてリビングに行くと、珍しくいつものメンバーがいなかった。

マーベルがその理由を教えてくれる。

「マリアさんとアカネさんは、パペック商会に渡すサンプルの服のデザインと縫製のため、工房に籠もられています」

「レーヴァは?」

「レーヴァさんはボウリング関連の製作にかかりっきりです」

「そ、そうか。あとで手伝わないとな。マーニは?」

「ジーナさんとアンナさんを連れて、カエデちゃんと聖域を案内しています」

「じゃあ、ジーナとアンナが戻ったら書斎に呼んでくれるかな」

「かしこまりました」

マーベルが下がると、シャルロットさんに今後の事について相談してみる。

「それでシャルロットさん、このままここで暮らします？　それともさっきの宿泊施設の部屋でしばらく暮らしますか？」

「その前にいいですか？」

当面聖域のどこで寝泊まりするか聞いたんだけど、凄く真剣な表情でシャルロットさんが尋ねてきた。

思わずコクコクと首を縦に振る僕。

「ジーナさんとアンナさんは呼び捨てなのに、私だけさん付けするのはやめてください」

「いや、だってシャルロットさんは男爵令嬢に戻ったわけだから、呼び捨てにしちゃダメだと思うけど」

「男爵などと言いますが、それもイルマ様にご尽力いただいたおかげですし、下級貴族の娘など、イルマ様に呼び捨てにされる程度の扱いで問題ありません」

「イヤイヤイヤ、それはないでしょう」

ソフィアに助けを求めるように見ると、ソフィアも同じ意見だと言う。

「タクミ様は聖域の管理者ですよ。ただの平民とは違います。言ってみれば小国の王なのですから」

「……マジですか」

「「マジです」」

「ですからここで仕事をする間、私の事は呼び捨てにしてください」

シャルロットさんが貴族令嬢の生活に戻れば、さん付けや様付けで構わないが、ここではジーナやアンナと同じ扱いじゃないと嫌なんだそうだ。

「わかったよ、シャルロット。これでいいだろう」

「はい、イルマ様」

「何で僕は様なんだよ」

「雇用主ですから当たり前です」

「はぁ、もういいや。書斎で書類整理の仕方を説明するから行こうか」

「はい。かしこまりました」

とてもやりにくいが、慣れないとダメなんだろうか。小市民な僕に、貴族令嬢を呼び捨てにするのはハードル高いんだけどな。

10　いざ、書類の山

シャルロットを連れて、ソフィアと一緒に書斎へ移動する。

「ウゲッ！」

思わず声が漏れてしまった。

僕の目の前にあるのは、出掛ける前と比べて五割増量された書類の山だった。

「旦那様、ここの書類は今日中にお願いします」

ジーヴルはそう言って、抱えていた書類をドンッと置くと、そのまま部屋を出ていこうとする。

「ちょ、ちょっと！　ジーヴルは手伝ってくれないの！」

「はい。私には私の仕事がありますから。申し訳ございません」

ジーヴルは綺麗な所作で一礼し、僕の引き止めも虚しく書斎を出ていった。

「本当に手伝ってくれないんだ……」

「諦めましょう。ジーヴルにも仕事がありますから」

「わかったよ。じゃあ、シャルロットは書類の仕分けをお願い」

「……わかりました」

シャルロットは予想を上回る書類の量に驚きながらも、手近な書類を手に取って作業を始めてくれた。

しばらくシャルロットが仕分けた書類の処理をしていると、ドアがノックされる。マーニがジーナとアンナを連れて戻ってきた。

「ただいま戻りました」

「ああ、どうだった聖域は？」

僕が感想を尋ねると、ジーナとアンナが答える。

「凄く綺麗な景色で、ここで暮らす人達の顔は笑顔に溢れていました！」

「……凄いです」

ジーナは興奮気味でアンナは言葉少なだけど、いずれにしても二人が感動した事はわかった。

「あっ、シャルロットさん戻ってきたんですね」

「はい。これからもよろしくね、ジーナ、アンナ」

「はい！」

「……よろしくお願いします」

三人は改めて挨拶を交した。

ジーナとアンナはその間も書類と格闘していた僕を見て、すぐに手伝い始めてくれた。

ふと、一枚の書類に目を止める僕。

「あれ、これって……」

ソフィアが横から書類を覗き込んでくる。

「ああ、ボウリング関連の特許の書類ですね。あとボールやピン、付属の魔導具関連の発注書もあるはずです」

「えっ！　どうしてソフィアがそんな事知ってるの？」

「アカネとレーヴァがパペック商会と打ち合わせしているのは知ってますから」

「い、いつの間に？　……それで、レーヴァが工房に籠もっているのか」

「パペックさんが、大陸中に流行らせると張りきってましたよ」

「マジか……」

確かにボウリング関連の発注書が山のようにあり、それぞれの備品の数と値段まで書かれてあった。いつの間に値段まで決めたんだよ。まあ、どうせ僕は値段なんてわからないからいいけど。

「とりあえず、発注書と領収書、あと要望書に分けてくれるかな」

「発注書と領収書はわかりますが、要望書とは？」

尋ねるシャルロットに、僕は答える。

「こんな物が欲しいとか、こんな物が作れないかとか、色々と無茶振りしてくる人もいるんだよ。そのすべてに応えるわけじゃないけど、たまーに面白そうなのがあるんだよ。僕とレーヴァの心を動かせるアイデアなら大歓迎だからね」

それはさておき、聖域のお金の出入りはかなり激しい。

そして、資材や材料、食材や調味料の購入などで出ていくお金も大きいけど、入る方が圧倒的に多い。出来るだけバーキラ王国や他の同盟国から買える物は買ってるんだけど、貿易不均衡はなかなか解消されない。

ジーナが目を見開き、声を上げる。

「なっ⁉ これっ、もの凄い金額ですよ！」

「どれどれ……ああ、それか。実はソーマのストックがまだまだあるって、ボルトン辺境伯経由で陸下にバレたんだよね。それで仕方ないから、バーキラ王国に何本か売ったんだよね」

「あと、ユグル王国とロマリア王国にも二本ずつ売りましたからね」

僕とソフィアが軽い感じで説明すると、アンナやシャルロットまで呆然としていた。僕は付け足すように言う。

「あっ、ソーマの売り上げは税金の対象外だから」

「えっ、そうなんですか？」

「うん、聖域産のワインもそうだけど、聖域で生産された物は税の対象外なんだよ。関税なんてないしね」

「へぇー」

今はボルトンの工房を使う事が少ないから、聖域で生産している。聖域は特殊な場所なので、税の事を考慮しないで済むのだ。ただ、特許関係の税はバーキラ王国へ納める必要がある。こんなふうに、物によって色々違うからもの凄く面倒なのだ。

シャルロット達も、僕が三人を雇用した理由がわかったみたい。

「でも、これ計算するのが大変ですね」

「紙が豊富にあるのは嬉しいのですが、この量と金額ですからね」

「……実家のお店と金額の桁が違いすぎる」

ジーナとシャルロットの顔が若干引きつっている。いつもクールなアンナも表情が崩れていた。

「計算……そうだよね。計算って大変だよね」

「どうしたんですか？」

僕が考え込んだのを見て、ソフィアが心配して聞いてきた。

「そうだよ。計算が大変なんだから、もっと早く作るんだった」

僕がクリエイターモードに入ったと理解したソフィアは、納得して護衛モードに戻る。

計算が面倒なら、それを何とかする道具を作ればいいだけだ。

早速、みんなに一声かけて工房へ急ぐ。

書類仕事のストレス発散も兼ねて、ちゃっちゃと作りますか。

11　計算といえば

書類の山を放り出して工房にやって来ると、レーヴァがボウリング関連のもろもろの作業に追われていた。

レーヴァが作業の手を止め、不思議そうに尋ねる。

「あれ、どうしたでありますか？」

「うん、ちょっと計算する時に便利な物を作ろうと思ってね」

「計算でありますか？」

「うん。うちはお金の出入りが多いし、その金額も凄いからね。しかも、税も複雑だから計算が大変なんだよ」

「確かに計算は大変でありますな」

今までは僕が暗算で計算していたんだけど、この世界の人は暗算が苦手だからね。

ちなみに僕が暗算が得意なのは、前世の子供の頃に習っていたソロバンのおかげだ。未だに暗算する時は、頭の中にソロバンをイメージして珠(たま)を弾いている。

もうわかると思うけど、僕が今から作ろうと思っているのは、ソロバンだ。

電卓みたいな魔導具を作っても良いかなとも思ったが、ソロバンで十分だろう。むしろソロバンに慣れてくれれば、みんなも暗算が出来るようになるかもしれない。

早速、素材となる木材を加工し始めると、レーヴァが尋ねてくる。

「それが計算の道具でありますか？」

「そうだよ。ソロバンっていうんだ」

「ソロバンでありますか？　どうしてソロバンなのでありますか？」

「そういえば、そこまで考えた事もないな。ごめん、レーヴァ、名前の由来までは知らないや」

そんな会話をしつつ硬い木を選んで珠に加工していくのだけど、すべての珠を同じサイズに加工するのは手作業では難しかった。

結局そこは錬金術任せで、一気に錬成する。

「錬成！」

「？　穴が空いているのでありますな」

「まあ見てて」

続いて、枠の木材と珠を通す棒を錬成する。

一度に錬成して作る事も出来るんだけど、最初の一つはイメージを固める用に、順番を追って作っておきたいと思ってね。

「錬成！　っと、完成かな」

出来たばかりのソロバンを、パチパチと弾いてみる。

「おお！　そうやって使うのでありますか！」

「レーヴァにも使い方教えようか、使ってみる？」

「ぜひ、教えてほしいであります！」

「上の珠が五を表していて、下の四つの珠は一つが一を表すんだ。それで六だと上の珠を下に弾いて、下の四つの珠の中の一つを上に弾いてと……これが六ね。ここに七を足すと、下の珠を二つ上に、上の五を戻して、十の桁を一つ上げると……これで十三だね」

「おおーー!!」

簡単な足し算をソロバンでやって見せてあげると、レーヴァはそれだけで理解し、興奮して立ち上がった。

「凄いであります！　簡素な道具なのに、計算が楽になるであります！」

「まあ、練習は必要だけどね」

とりあえず何個か作って早く戻らないと。僕には書類の山が待っているからね。あまり遅くなると怒られそうだし。

「錬成！」

ソロバンを五個錬成して書斎に帰ろうとすると、レーヴァからストップがかかる。

「待つです、タクミ様！　そのソロバンは商会なら喉(のど)から手が出るほど欲しい道具なのです！　ぜひとも売り出すであります！」

「ええ～、売るのぉ～」

「どうして嫌そうなのでありますか！」

もう勘弁してほしいんだ。だって、ボウリング関連が動き出したばかりなのに、また新しい商品なんて、書類仕事が増えるじゃないか。

「どう考えてもこれは特許の取得が必要だろ。面倒なんだよね」

「諦めるであります。物作りはタクミ様のお仕事なのです。これからは逃れられないのであります」

「うっ、それはそうだけど……はぁ、仕方ないか。一個はパペックさん用のサンプルにするよ」

「それでいいであります」

ウンウンと頷いて、レーヴァはボウリングのピンを作る作業に戻っていった。

ソロバンを持って書斎に戻ってくると、やはりジーナ、シャルロット、アンナは非難の目を向けてくる。

「いや、仕事をサボってたんじゃないよ。これを作ってたんだ」

「？　何ですかそれ？」

「計算する時に使う道具。ソロバンっていうんだ」

「『ソロバンですか？』」

「……どのように使うのですか？」

「まあ見てて」

レーヴァに説明したのと同じように、足し算引き算、あと掛け算と割り算の仕方を教える。みんなの目が見開かれて、驚いているのがわかった。

「凄い便利な道具です！」

「これは凄いですね。私もこんな道具、初めて見ました」

「……これは便利ですが、練習しないとダメですね。タクミ様、一つ貸していただけますか？」

「ああ、もちろん」

ジーナが興奮気味に、シャルロットは貴族令嬢らしく控えめに驚いていた。アンナが早速ソロバンを練習したいと言うので、全員に手渡してあげた。

それでみんなソロバンの練習に夢中になってしまったんだけど、しばらくして気がつく。あれ、書類仕事を僕一人で片付けないとダメな感じになってない？

しまった。書類を片付けてからソロバンを作ればよかった……

その後すぐに、シャルロット達はソロバンを使いこなせるようになった。

みんな手伝ってくれる事になったので、僕は自分の机の両サイドに彼女達用の机を用意。そして売り上げを計算する者、書類の仕分けをする者に分かれ、ソロバンを駆使してガシガシ書類を処理していく。

パチパチと珠を弾く音が書斎に響き渡る。

ちなみにその間、ソフィアは部屋の真ん中に置かれたソファーに座ってお茶を飲んでいた。

流石に書斎の中で僕を護衛するのはやりすぎだからね。そもそも聖域の中でなら護衛なんていらないんだけど。

ジーナがソロバンを弾きながら、シャルロットに話しかける。

「計算が楽になったのは嬉しいんですけど、この金額には引いちゃいますね」

「そうですね。私はボルド男爵家の経理を担当していましたから、領地の税収、商会の売り上げ金などで、比較的大きな額を目にしてきましたが……それでも文字通り桁が違いますね」

二人は聖域に出入りする金額の大きさを見て、驚きを通り越して呆れている感じだ。まあ、アンナは相変わらず、黙々と仕事をしていたけどね。


セバスチャンが書類のおかわりを何度か持ってくるという想定外の事はあったが、何とか書類の整理と処理が終わろうとしていた時――

アカネとマリアがフラッと書斎に入ってきた。

「頑張ってるわね。彼女達も優秀そうじゃない」

「お疲れ様です、タクミ様」

「ああ、アカネとマリアか。パペックさんとの話し合いは終わったんだ」

「いえ、まだ終わってないわよ」

アカネはそう言うと、一束の書類を渡してくる。

「それ、私とマリアがデザインした服の販売に関するデザイン料の契約書。目を通してくれる？問題なければ、このあと契約になるから」

「あ、ああ……」

ペラペラと斜め読みし、アカネに返す。

「問題ないと思うよ」

「そう、それじゃあ本契約しておくわね。ああ、そうそう。パペックさんがボウリングの件で一度タクミに会いたいって言ってたわよ」

「はぁ、わかったよ。時間が取れたらボルトンに行くよ」

「その必要はないわ」

「えっ？」

「パペックさんもボウリングを体験したいって言ってたから、近々聖域に来るそうよ」

「……わかった」

また面倒な事になりそうだな。そう思って僕がガックリと肩を落とした時、マリアが僕の机の上にあるソロバンを見つけた。

「あれ？　これは何の道具ですか？」

「あら、懐かしいわね。ソロバンじゃないの。私も小学校の頃習ってたわ」

アカネはそう言うと、ソロバンを手に取った。

僕が嫌な予感を覚えていると——

「ちょうどいいわ。細かな計算が間違ってないか確認するのに使わせてもらうわね。それに……」

「あっ！」

アカネは僕に許可を得る事なく、机の上に置いてあったソロバンを掴んだ。

「すぐに返すからこれは借りていくわ。行きましょう、マリア」

「アカネさん、私にもそれの使い方教えてくださいね」

「任せて。簡単だからすぐに覚えられるわよ」

「ちょっ、ちょっとぉーー!!」

僕の引き止める声も虚しく、アカネとマリアは書斎を出ていってしまった。

「…………」

手を伸ばしたままの姿で呆然とする僕。その背後で、シャルロット、ジーナ、アンナがそれぞれ言う。

「……商人なら飛びつきますわね」

「……はい。一目で便利なのはわかりますし」

「……良かったですね、タクミ様。また仕事が増えそうです」

うなだれたままの僕に、ソフィアが優しく声をかけてくれる。

「まあまあ、タクミ様。お茶でも飲んで落ち着いてはどうですか？」

「ソフィア……」

「いつもの事なのですから。諦めが肝心ですよ」

「ソフィア……」

優しい言葉……というわけじゃなかったかな。

その後、本契約を終えて帰ってきたアカネとマリアから、ソロバンのまとまった数の納品要請と、特許についての話をされた。

「ボウリング関連の道具は、当面売ってほしいらしいわよ。それはまあ、レーヴァが頑張っているから大丈夫ね。で、ソロバンの話なんだけど、構造は簡単だからパペック商会でも作れるみたい。でも、すぐにでもある程度の数が欲しいらしくて、それはお願いね」

「……それでソロバンは？」

「サンプルで渡してきたわ」

「特許料のパーセンテージに色を付けてくれるそうですよ」

「は、はは、そうなんだ……」

何かを作れば事務仕事が増えるのは仕方ないか……

12 ストレス発散はスポーツで

「いやー、流石イルマ様です。魔導具でもないのに、このような素晴らしい道具を発明されるとは、どうしてこんなシンプルな道具を、これまで誰も思いつかなかったのでしょうね」

「は、はは、どうしてでしょうね……」

前の世界のソロバンを再現しただけなので、パペックさんの高すぎる評価に胸が痛い。

早速、パペックさんが仕事の話をしてくる。

「それで申し訳ないのですが、工房が立ち上がるまで、まとまった量が欲しいので、少なくとも五百……いえ千個お願いします」

「……はぁ」

ちなみに今は、ソロバンを作ってから数日ほど経っている。パペックさんは、アカネとマリアが進めている服飾関係の話と、ボウリング関連の契約を含めた話をするために、聖域に訪れているのだ。

僕の嫌な予感は当たるもので、ソロバンは瞬く間にバーキラ王国はおろか、ロマリア王国やユグル王国にまで広がったとの事。

それで、パペック商会が専門の工房を立ち上げるまで、僕が代わりに大量に作るはめになった。

材料を揃えて錬成するだけなので、一度にたくさん作れるのが不幸中の幸いか。

なお、ソロバンを欲しがったのは商人だけじゃなく、国からも大量に注文があったとの事。

「ではよろしくお願いします、イルマ様」

「は、ははっ、わかりました……」

上機嫌で滞在先の宿泊施設に引き揚げていくパペックさんを見送り、僕は溜息を吐く。

「はぁ、やっと書類を片付けたと思ったんだけどなぁ」

「仕方ありませんよ。パペックさんにはお世話になっていますし」

「そうだよね……よし！　頑張ってソロバンを作ってしまおうか」

「タクミ様、頑張ってください」

僕と一緒にパペックさんを見送っていたソフィアに励まされ、とりあえずノルマを達成するために工房へ向かう。

せっせとひたすらソロバンを錬成していると、同じように作業していたレーヴァは一段落ついたみたいだ。

「うーん！　終わったーであります！」

「お疲れ様、レーヴァ」

両腕を上げて伸びをするレーヴァに、僕は労（ねぎら）いの言葉をかける。

「タクミ様はもう少しでありますな。手伝うでありますか？」

「いや、あと少しだから大丈夫だよ」

「そうでありますか。では、レーヴァはお茶を飲んでくるであります」

レーヴァが工房を出ていった。

僕は気合いを入れ直して、ソロバンの錬成を続ける。

ソロバンを作る事自体は、一気に千でも二千でも可能なんだけど、ソロバンが傷（いた）まないように一個一個箱に入れているのだ。それをさらにダンボールに詰めているから、どうしても手間がかかってしまう。

僕は二十個ずつ錬成して、五十個ごとにダンボールに詰めていくという作業を繰り返す。ちなみに五十個単位にしてあるのは、あまり多く詰めすぎると、重くなってダンボールを持てない人も出てくるだろうから。

メイド達を除くうちのメンバーは高レベルなので、ソロバンが百個でも五百個でも平気なんだけど、流石にパペック商会の人は無理だろうからね。

「うーん！　出来たぁーー！」

パペックさんから頼まれていたノルマ分を作り終え、両手を上げて背筋を伸ばして身体をほぐす。

いつの間にかソフィアがおり、お茶を持ってきてくれていた。

「お疲れ様です」

「あ、ソフィア来てたんだ」

「お茶をどうぞ」

「ありがとう」

僕はお茶を啜りながら呟く。

「工房に籠もっていると、たまにはスポーツでもしたくなるね。でも、ボウリングって気分でもないな」

「タクミ様、スポーツとは何ですか？」

「どう説明すればいいかな。ボウリングもスポーツだと思うけど……身体を使った競技とでも言えばいいのかな？」

スポーツとは何かと改めて問われると説明に困るな。

けれどソフィアは笑みを浮かべ、何故か納得したように言う。

「タクミ様とアカネのいた世界は随分と余裕があったのですね。この世界の人間は生きる事に必死で、そのようなスポーツとやらを楽しむ余裕なんてありませんから」

確かにこの世界には、盗賊や魔物の脅威に怯えないで済む、聖域のような場所はほとんどない。

そんな環境なのだから、スポーツなんて生まれないか。

そこでふと、僕はちょっとしたアイデアを思いつく。

「よし！　グラウンドを造ろう！」

「グラウンドですか？」

「うん。色々なスポーツが出来る場所を造ろうと思うんだ。何せ聖域には、広大な土地が余ってるからね」

さて、サッカーグラウンドがいいか。野球場がいいかな。陸上競技場は違うか。

何を造るにしても、色々考えるのは楽しいな。

◇

色々悩んだ結果、サッカーグラウンドを造ろうと決めた僕は、候補地選びのため、散歩を兼ねてソフィアと一緒に聖域を歩いていた。

「ただ、サッカーグラウンドの広さを知らないんだよな。野球場なら感覚的にわかるんだけど」

子供の頃、野球はしていたけど、サッカーは授業でやった程度。テレビでサッカー観戦する事はあっても、グラウンドの正確な広さは知らないのだ。

そこまで考えて、正式な広さにこだわる意味はないのでは？　と気がついた。ボウリングだってレーンの長さやピンやボールの大きさは適当だもんな。

「この辺でいいか」

「そうですね。居住区から近くもなく遠くもないですし、ちょうどいいと思います」

「よし、じゃあ範囲をしっかりとイメージしてっと」

土属性魔法を発動して、辺り一面を平らに整地する。

「こんなものかな」

「ここに芝生を生やせばいいのね～」

「頼むよ、ドリュアス」

「お姉ちゃんにお任せよ～」

サッカーグラウンドなら芝生だろうと、ドリュアスには事前にお願いしてあった。

ドリュアスの力によって、グラウンド一面が芝生で覆われていく。

「草丈が少しあるから、ちょっと刈らないとダメだな。まあ、それは芝刈り機を作ればいいか」

それから僕はドリュアスにお礼を言い、報酬のワインを一樽、アイテムボックスから取り出して渡した。

「じゃあまた何かあればお姉ちゃんに言ってね～」

「うん。ありがとう、ドリュアス」

ドリュアスは手をヒラヒラさせ、ワインの樽をフワフワと宙に浮かせて帰っていった。

「これからどうするのですか？」

「芝刈り機を作って、サッカーボールとゴールも作らないとね」

ソフィアと屋敷に戻ると、僕は工房に籠もり、芝刈り機を作り始める。

構造が単純な手押し式の物は、屋敷の庭用に作ってあったが、今回は魔晶石動力の運転出来るタイプの芝刈り機を作ろうと思う。広大なサッカーグラウンド一面を、手押し式ではつらいだろうからね。

「さて、まずは設計図を起こそうかな」

すると、工房で作業をしていたレーヴァが話しかけてくる。

「何か新しい物を作るでありますか？」

「ああ、芝刈り機を作ろうと思ってね」

「芝刈り機はもうあるでありますよ」

「あれじゃ広い範囲は大変だからね」

「おお！　なるほど、これは面白そうであります」

「じゃあ、レーヴァは素材を集めてくれるかな」

「了解であります」

レーヴァが、錬成に必要なインゴットや魔物素材を倉庫に取りに行ってくれた。

倉庫からマジックバッグに入れて持ってきた素材をレーヴァが取り出し、積み上げていく。

「これで大丈夫だと思うであります」

「ありがとう。じゃあ早速錬成しようか」

設計図を横に置き、イメージをしっかりと固めて錬金術を発動させる。

「錬成！」

魔法が発動し、光に包まれていた素材が形を変えていく。光が収まるとその場には、車のように乗車できる芝刈り機が出来上がっていた。

「おお！　かっこいいでありますな」

「早速、試運転を兼ねて使ってみようか」

「レーヴァも見たいであります」

「じゃあ収納するね」

芝刈り機をアイテムボックスに入れ、サッカーグラウンドへ、ソフィアとレーヴァと僕の三人で向かう。

グラウンドに着くと、芝刈り機を取り出し、魔晶石に魔力を補充してシートに座る。

「回転刃を下ろしてと、じゃあ行くね」

芝を刈る回転刃を動かし、ハンドルを握り前進方向にギアを入れ、アクセルを踏むと、芝刈り機はゆっくりと動き出す。

「おおー！　芝がキレイに刈れるでありますな！　面白そうであります！　レーヴァにも乗せてほしいであります！」

「わかった、わかった。ちょっと待って」

興奮気味のレーヴァに急かされ、芝刈り機の運転を交代する。

「ヒャホォーーイであります！」

「はしゃぎすぎないでね」

レーヴァが満足するまで運転すると、今度はソフィアが恥ずかしそうに「自分も……」と言うので運転を任せた。僕は風属性魔法で風をコントロールして、刈り取られた芝を集める。

サッカーグラウンド一面の芝生がキレイに整えられたあとは、染料を使ってラインを引いていった。

「あとは、ゴールを置いてっと、これで完成かな」

「これでどうするのでありますか？」

「あ、ボールがまだだった。工房に戻るよ」

サッカーグラウンドが完成したけど、ボールの事を忘れていた。ボールは多めに作っておいた方がいいかな。

早速、魔物の革を使ってボールを十個ほど作った。

それから、ケットシーのミリとララ姉妹、猫人族のワッパとサラ兄妹達など聖域に暮らす子供達を集めて、サッカーのルールを説明する。

続けて、トラップやインサイドキックなど、僕でも知ってるサッカーの基礎技術を教えて、ゲームをしてみようとなった。

子供達のほのぼのとしたシーンが見られるのかなぁ……なんて考えていた時期が僕にもありました。

甘かった。ただ甘かった。

聖域の子供達は少しだけ、ほんの少しだけ鍛えられている。

聖域の中では危険はほぼないんだけど、子供達が将来的に聖域の外に出る事もあるかもしれないという事で、パワーレベリングを行ってあったんだが……

「サラ！　パス！」

「行くよ、お兄ちゃん！」

「ララ！　そっち行ったニャ！」

「オーケー！　任せるニャ！」

テクニックは拙(つたな)いものの、その身体能力は獣人族やケットシーだからか？　いや、人族のコレット、シロナ姉妹やエルフのメラニー、マロリー姉妹も凄いな。

「……みんな凄いね。足めちゃくちゃ速くないか？」

「過保護なマリアとカエデが、頑張ってレベリングしていましたから」

「これ、大人達もやる気だよね」

「はい。トラップとパスの練習を始めてますね」

子供達のゲームを見ていた大人達が、トラップ、パス、ドリブルの練習を始めていた。表情が真剣だ。


僕は隣にいるソフィアに言う。

「人魚族もいるね」

「聖域で暮らすようになってから、陸上で生活する事も多くなりましたからね。きっと人族や獣人族にも負けないでしょう」

元々、海に棲む魔物は大型の強力な個体が多いんだけど、戦闘艦オケアノスの運航を任されている人魚族は、オケアノスの武装でそれらをいとも簡単に駆逐してきた。そうすると彼女達にも経験値が入るらしく、今や人魚族は相当レベルが上がっている。

ケットシーのミリ、ララ姉妹の両親マッポさんとポポロさん、エルフのメラニー、マロリー姉妹の母親メルティーさん、ドワーフのドガンボさんやゴランさんまで練習し始めている。

当然、みんなパワーレベリング済みだ。動きがおかしいもの。

「あっ、マリアとマーニ」

「アカネとルルちゃんにレーヴァまで参加するみたいですね」

グラウンド脇では、うちのメンバーまで練習を始めていた。

メンバーの様子を見ていたんだけど、アカネの様子がおかしい。

この世界で初めてアカネに会った時の印象は、学級委員長や生徒会長のイメージで、どちらかといえば運動は苦手そうだと思っていたが、どうやら違ったみたいだ。

ディフェンスの仕方や、蹴り方の種類を周りの大人達に教えている。そのうち１ｏｎ１（ワンオンワン）を始めて、ドリブルからフェイント、そして華麗にディフェンスを抜き去るテクニックを見せていた。

僕は恐る恐るアカネに尋ねる。

「……サッカー部だったの？」

「さあね、でも凄い。自分でも身体能力の恩恵に驚くわ！」

実際、アカネのトラップの巧（うま）さやボールタッチは、他の人とは一線を画（かく）していた。そのアカネの技術を急激に吸収した他の大人達も上達ぶりが凄い。

その後しばらくして子供達のゲームが終わり、大人達のゲームが始まった。

「あれ？　ソフィアもなの？」

僕の斜め後ろで護衛していたソフィアが、いつの間にかグラウンドの上にいた。まあ、聖域では護衛の必要もないからいいんだけどね。

「父ちゃーん！　頑張ってニャーー！」

「母ちゃーーん！　シュートニャー！」

「「お母さん、頑張ってーー！」」

ミリとララがマッボさんとポポロさんを大声で応援している。メラニー、マロリー姉妹の応援に応えて、メルティーさんはエルフらしいスマートなスタイルでピッチの上を豹のように鋭く動いている。

その中でもテクニックではアカネが、身体能力ではソフィアとマリアが目立っていた。もちろんレーヴァやルルちゃんの動きもおかしな事になっている。

結論、身体能力が高いこの世界の人達がこの手のスポーツをすると、まるで特撮映画みたいになってしまう。

もう少し考えてから、グラウンドを造ればよかったな。

僕のストレス発散だったはずなんだけど。

◇

聖域にボウリングブームと同時に、サッカーブームが到来した。

ボウリング場はレーンを増やしたものの、聖域の住民の数を考えれば少ないのは当然で、常に一時間待ちや二時間待ちが当たり前くらいの盛況ぶりだった。

そこにサッカーグラウンドが完成して、子供達の試合や、その後行われたアカネやマリア達の試合を見た住民達が、サッカーチームを結成したようだ。

作られたのは、次の四チーム。

人魚族が中心のチーム。

獣人族とケットシーで結成されたチーム。

エルフを中心に作られたチーム。

人族が中心のチーム。

ちなみに、身体能力の高いアカネやマリア達は各チームの助っ人扱いになっている。一つのチームにまとまっていると、勝負にならないかららしい。

結局、サッカーは僕のストレス発散にならなかった。というのも、仲間内で一番ステータスが高い僕はハブられたのだ。

さらに僕にはサッカーをしている場合じゃない理由が出来て、聖域の住民からサッカーグラウンドの改良を頼まれた。観戦用のスタンドが欲しいらしい。

こうして、初めは草サッカーのグラウンドに過ぎなかった施設が、プロの試合が出来そうな立派なスタンドになって――

ふと気がついた時には、トイレやロッカー室にシャワールームまで完備したスタジアムを造っていたよ。

13 遊戯(ゆうぎ)色々

サッカースタジアムが完成して数日後。僕は、屋敷のリビングでお茶を飲んで反省点を考えていた。

「サッカーでこれだから、野球も同じだろうな」

「野球がどういったものかはわかりませんが、身体能力が影響する競技にタクミ様が参加するのは難しいと思いますよ」

「そうね。それに団体競技じゃなくて、ボウリングみたいな個人競技じゃないと」

野球を知らないソフィアも同じ意見みたいだ。アカネからも、団体競技は一般人同士じゃないと無理だと言われた。

サッカーや野球などの団体競技は、プレーヤーの身体能力の差が大きすぎるとゲームバランスが無茶苦茶になる。ボウリングは身体能力に依存する部分が少ないからよかったんだろうね。

「まあ、私とルルは、時々助っ人枠で楽しんでいるから問題ないんだけどね」

「なら、僕も参加出来そうなんだけど」

「あっ、タクミやソフィアの場合は無理よ。だってあなた達、この間マンガみたいな動きを平気でしてたでしょう。助っ人枠って言っても無理があると思うわ」

「……そ、そうだね」

どうやらこの前のゲームでやりすぎたみたいだ。実は先日サッカーに参加したんだけど、確かに客観的に見てドン引きするような動きをしてしまった。

そして、その事を聖域の住民達は思っていても、僕に遠慮して言えないのが厄介だ。聖域の管理者に対して遠慮するなと言っても無理な話なのは僕でもわかるからね。

少しヘコんでいると、アカネが言う。

「でもさぁ、当初のタクミの目的は達したんじゃないの？」

「当初の目的……ああ、そうだった」

僕は娯楽の少ないこの世界で、聖域の住民が楽しめるようにと、ボウリング場を造ったんだ。ただ、あまりに人気で待ち時間も長いから、サッカーでもって考えたんだっけ。

そっか、目的は達していたか。アカネの一言で、何だか気持ちが楽になったな。気負って余計な事まで背負っていたのかもしれない。

「なら、あとは僕達が楽しめるものを考えなきゃね」

「……いや、いいんだけど、本当に何か考えたり作ったりするのが好きね」

「当然じゃないか。忘れてるかもしれないけど、僕は生産職だよ」

「ああ、うん。でも、タクミを見ていると、生産職って何なのかわからなくなるわね」

アカネの言う事ももっともだと思う。けど、そこはスルーして、今は僕らが楽しめる娯楽を考えよう。

例えばそうだな、卓球はどうだろう。身体能力による差は出るだろうけど、僕達同士で遊ぶ分には問題なさそうだね。

ダーツは、投擲スキルが高い人が有利になりすぎるか……

「まあいいや、とりあえず広めの遊戯室でも増築しちゃうか」

「……いいんじゃないの。土地は余ってるんだし」

「そうですね。メイド達も仕事が休みの日には利用出来るのでいいのではないでしょうか」

「そうだね。ソフィアの言う通りだ。じゃあ取りかかるよ」

うちのメイドや執事には、定期的に休日を設けている。こちらでそう決めないと誰も休もうとしないからね。

早速、僕は屋敷とメイド達の寮の間に、遊戯室を錬成した。

そして、地面は念入りに土属性魔法で平らにしておく。というのも、僕が考えている遊戯の一つは水平な場所が必要だからね。

◇

遊戯室の錬成はすぐに出来た。地面の水平を完璧に取る方が時間がかかったくらいだ。

遊戯室が完成すると、工房で考えていた物を作る。

それは、ビリヤード台。

僕は前世でアラフォーだったので、世代的には十年くらい上の世代で流行った遊びだ。それでも何度か遊んだし、ビリヤードを扱った映画も観た事もある。

僕が知ってるのは、ナインボールとエイトボール、あとはローテーションくらいなんだけど、少し暇な時間に遊ぶには十分だろう。

素材となる木材と布地を取り出して錬成すると、シックスポケットにグリーンの羅紗地(らしゃじ)が貼られたビリヤード台が出来上がった。

球(たま)と、それを突く棒のキューを木材で錬成し、球に数字のペイントを施(ほどこ)す。

「あ、そうそう、球を並べる枠もいるよね」

球をキレイに並べる枠を忘れていた。

そういえば、キューの先端部分は革製だったと記憶している。そこにチョークみたいな物を付けるんだよね。

キューの素材を変えたりして、何本も作っていく。

バラブ何とかなんてバカ高いキューがあったけど、その高級感には到底及ばない出来か。まあ、遊びで使う物だからいいよね。

ビリヤードの道具一式が完成したので、次の遊戯に移ろう。

というか、ビリヤード台を何台も置くのも気が進まなかったので、この際色々作ってみようと思ったのだ。


遊戯室のスペースはまだまだ広い。次に作ったのは卓球台だ。

卓球台は簡単なので、錬成は一瞬なんだけど、ここでピンポン球を何で作るかという問題にぶち当たる。

「おお！　今度は何を作ってるでありますか？」

「ん、ああ、レーヴァか」

腕を組んで考え込んでいると、工房にレーヴァが入ってきた。

「テーブルにしてはチープな感じでありますな」

「ああ、これは卓球台だよ」

「卓球台でありますか？」

卓球自体がない世界に「卓球台」と言って通じるはずもなく、僕はレーヴァに丁寧に説明した。

「……なるほどであります。あの建物は遊戯室だったでありますか。なら、レーヴァも何か作ってもいいでありますか？」

「もちろん大歓迎だよ。色んな種類があった方が楽しいからね」

「了解であります！」

ピンポン球は魔物の骨を素材に錬成し、多少の衝撃では壊れないように付与魔法で強化した。

次にラケットのラバーでも苦労したけど、何とかそれっぽくなったんじゃないかな。

ピンポン球とラケットを数多く作って完成だ。


レーヴァは、僕が作るのをやめたダーツを作っていた。ただダーツというには凶悪な投擲武器だったので、そこはアドバイスさせてもらった。

僕は僕で、四人で囲む小さなテーブルと椅子をセットで作る。

テーブルは正方形で、滑らないように布を張ってある。

次に百三十六枚の牌を魔物の骨から錬成する。この時、牌の絵柄もしっかりとイメージして一度で錬成する。

「学生時代、雀荘に通った経験は無駄じゃなかったな」

記憶が完璧だったので、一枚一枚絵柄を変えて彫ったりせずに済んだ。僕の自堕落な学生時代も役に立つ事もあったと思おう。

さらに点棒とサイコロも同じく錬成する。

これもいちいち一本一本作らず、一度に錬成してしまう。

「よし、遊戯室に設置するか」

「了解であります！」

一旦、すべてアイテムボックスの中に収納すると、新しく建設した遊戯室にレーヴァと向かう。


「タクミ様、こっちの壁面はもらうであります」

「オーケー、じゃあここにビリヤード台を置くね。キューはここの壁に並べるか」

レーヴァと相談しながら、それぞれの遊戯で遊ぶ時に邪魔し合わない配置を決めていく。

「あっ、卓球台じゃない！　私、温泉でしかした事ないわ！」

「これは投擲の訓練用ですか？」

「これで、この球を打ち合うのかニャ？」

僕とレーヴァが遊戯具を設置し終えたタイミングを見計らったかのように、アカネ、ソフィア、ルルちゃんが遊戯室に入ってきた。

「一応、全部の遊び方を説明するよ。マーベル達も呼んでくれるかな。メイド達も暇な時は使ってもらいたいからね」

その後、マリアやマーベル達が遊戯室に集まってきた。

僕はみんなに、ビリヤード、卓球、ダーツ、麻雀(マージャン)の遊び方を説明していく。

流石に麻雀の役(やく)までは教えきれないので、ルールブックを作る事にした。点数の数え方も面倒だからね。

◇

広い遊戯室に、キューで突いた球が的球(まとだま)に当たる音が響く。違う場所では、速いテンポでピンポン球を打ち合う音が聞こえる。

さらには、的(まと)に向かって放たれたダーツが突き刺さる小さな音もする。

「ロン！」

「あっ、私もそれ、当たり」

「グウアッ！」

おかしい。みんなは初心者のはずなのに、ソフィアとマーニがトップ争いしている。

そして、何故か僕はジーヴルと絶賛最下位争い中で、おそらく今ので最下位確定だ。

僕は、ソフィア、マーニ、ジーヴルと麻雀をしていた。最初の半チャンは何とかトップを取れたものの、そこからはソフィアとマーニが凄かった。洞察力が凄いのかな？　何を捨てても通る気がしなかったけど、まさかダブルって……

ちなみに、ジーヴルはヘボだった。もう少しポーカーフェイスを学ぶべきだろう。

なおこの遊戯室は、お隣のミーミル王女やそのお付きの侍女さん達もよく利用しているし、うちのメイドやシャルロットやジーナ、アンナの文官娘三人も、仕事のストレス発散に頻繁に来て遊んでいるようだ。

　そして、そんな僕達以上に楽しんでいる人がいた。

「トーマス！」

「旦那様！　お任せを！」

　卓球のラケットを握って指示を飛ばすのは、ご存知パペック商会の会頭パペックさんだ。そのパペックさんとペアを組んでいるのが、パペック商会の大番頭トーマスさん。

　二人はダブルスで卓球の試合を楽しんでいた。

　対戦相手は、なんとミーミル王女とその侍女さん。わざわざ動きやすい服装に着替えている。

「姫様！」

「任せて！」

　ミーミル王女のスマッシュが決まり、ミーミル王女ペアに得点が入ったみたい。パペックさんが悔しそうな顔をしてピンポン球を拾いに行っている。

　この世界には、この手のスポーツや遊びで他人と競い合う事がなかったと思うんだけど、みんな熱くなってるね。

　そういえばこの世界には、ボードゲームも存在していなかった。だったらこの際、色々作って広めてみようかと思ったけど……いや、思い留まろう。将棋（しょうぎ）、チェスといったゲームは、戦争の戦略的思考を鍛えるために昔から使われていたって聞いた事がある。作るにしても、慎重になった方がいいだろうな。

麻雀牌を積みながら、現実逃避気味に色々と考えていると、卓球をしていたパペックさんから声がかかる。

「イルマ様、その麻雀牌とテーブルのセットをいくつかお願いしますね。もちろん、特許を含めて購入代金も色を付けさせていただきます」

「……は、はい」

また仕事を増やしてしまった。

今さらだけど僕は本当にバカだ。何か新しい事をするにしても、もう少し落ち着いてからにすれば良かったのに……

そもそもパペックさんが聖域の屋敷を訪ねてきたのは、ボウリング関連とソロバンの話をするため。でも、増築された遊戯室に気がついてしまうのは、まあ当然だよね。結果として、ビリヤード、卓球、ダーツ、麻雀といった新しい娯楽が全部見られてしまった。

また書類仕事を増やしてしまい、シャルロット達文官娘三人から向けられる視線が痛い。

結局、パペックさんはビリヤード台と球にキュー、卓球台とラケットにピンポン球、ダーツの的となるダーツボードとダーツ、そしてさっき言っていたように麻雀牌と専用のテーブルの複数発注をしてきた。

どれも魔導具じゃないので、本格的に大量生産するようになった場合は、パペック商会が工房を建設して行い、僕にはソロバンと同じく特許料が入る事になる。

ちなみに、サッカースタジアムも当然のようにバレたのだけど、これにはまったく興味を持たれなかった。

考えてみれば当たり前の話で、サッカーが出来るグラウンドを造るスペースなど街中にはないし、あってもそんな使い方はしないからね。

「あっ、タクミ様、それ当たりです」

「うそ！」

「えっと、マンガンですね」

「は、ははっ、僕はもうハコテンだよ」

この半チャンは僕が最下位みたいだ。

おかしいな。学生時代はそこそこ強い方だった記憶があるんだけど……夢だったのかな。

14 エミリアちゃんの誕生日

色々と遊戯関連で忙しい僕だけど——今日は、珍しくロックフォード伯爵領に来ていた。

というのも、パペックさんから手紙を渡されたんだ。

手紙の差出人は、ロックフォード伯爵の長女のエミリアちゃん。ロックフォード伯爵家とは、エミリアちゃんの病気を万能薬ソーマで治した縁もあって色々交流があるんだけど、そのエミリアちゃんが誕生会に招待してくれたのだ。

貴族向けのパーティーは既に行ったというのに、僕達に気を遣って、わざわざ内輪（うちわ）の誕生会を開く事にしたらしい。

そこまでしてくれたんだから、行かない選択肢はないよね。エミリアちゃんが完治してから会っていないし、みんなの息抜きにもなるだろうしさ。

ちなみに、ロックフォードまでは転移で移動した。

ボルトンからロックフォードまでツバキの引く馬車で日にちをかけて行っても良かったんだけど、何日も聖域を空けられない。シャルロット達にキレられるからね。

「イルマ殿、よく来てくれたね」

「お久しぶりです、ロックフォード伯爵。今日はお招きいただき、ありがとうございます」

「硬い話はなしだ。さあ、座ってくれ」

ロックフォード伯爵と挨拶を交わすと、続けて、ローズ夫人、エミリアちゃん、ロッド君と言葉を交わす。

「ローズ夫人もお久しぶりです。ロッド様もお久しぶりです。エミリア様もお元気そうで何よりでさい」

「イルマ様、今日は私のために、わざわざありがとうございます。私の事もエミリアと呼んでください」

「イルマさん、僕の事はロッドと呼んでください。様はいりませんよ」

ローズ夫人は笑顔だけど、エミリアちゃんとロッド君は何故か不服そうだ。

「エミリアの病気の時はありがとうございました。今日は楽しんでいってくださいね」

す。それと、お誕生日おめでとうございます」

「では、ロッド君とエミリアさんと呼びますね」

僕が慌てて答えると、エミリアちゃんはすぐに言う。

「ちゃん付けで呼んでください！」

「えっと、じゃあエミリアちゃんでいいのかな」

「はい！」

「ふふっ。エミリアったら、イルマさんと会えるのを楽しみにしていたんですよ」

「もう、お母様ったら！」

エミリアちゃんはまだ十歳くらいだけど、この世界の人は成長が早いのかな。面と向かってちゃん付けしづらいほど大人びていた。

ちなみに今回僕達は、ソフィア、マリア、カエデ、マーニ、レーヴァ、アカネ、ルルちゃんのフルメンバーで来ている。ソーマの素材集めに関わった全員宛に招待状が来ていたからね。

その後通された大部屋には、豪華な料理が並べられていた。立食形式のパーティーで、既に僕達以外の招待者が来ている。

「イルマ殿、久しいな。また何やら面白そうな物をパペック商会が売り出すそうじゃないか」

僕に話しかけたのは、ボルトン辺境伯だ。

パペックさんが売り出す物についてもう知っているみたいだけど、どれの事かな。ここのところ立て続けに色々バレて忙しくしてたから、どれだかわからないや。

続いてまた別の人物が話しかけてくる。

「イルマ殿、先日は世話になった。シャルロットを頼むぞ」

「あ、パッカード子爵。シャルロットさんのおかげで随分と助かっていますよ」

身内だけのパーティーとはいっても、そこはロックフォード伯爵家。ボルトン辺境伯など仲のいい貴族も少数だけど招待されていた。

ロックフォード伯爵が、パッカード子爵がここにいる理由を説明する。

「先日開催したエミリアの誕生日のパーティーで、パッカード卿に、このパーティーにイルマ殿が来る事を知られてな、ぜひとも参加させてくれと頼まれたのだ」

僕はロックフォード伯爵に頷き、パッカード子爵に向かって告げる。

「パッカード子爵、いつでも聖域の宿泊施設を利用してください。シャルロットさんも喜ぶと思います」

「うむ、また伺わせてもらおう。エリザベスの事もあるからのう」

シャルロットの母親のエリザベス様は、未だに聖域の宿泊施設に滞在していた。宿泊施設から僕達の屋敷を訪れたり、聖域の中を散策したり、自由気ままに過ごしているみたい。

それから和やかにパーティーが始まった。すぐにエミリアちゃんに話しかけられ、近況を報告してもらった。

「……へぇ、王都の魔術学園は来年の春からなんだね」

「はい！　イルマ様、それで……魔法の指導をお願い出来ませんか？」

エミリアちゃんは、魔術学園の入試を近々控えているらしい。それで、魔法の特訓をしたいとの事。

「そうだね。うちにはソフィアやアカネもいるから、アドバイスくらいなら」

「本当ですか！　ありがとうございます！」

「よかったな、エミリア。イルマ殿やソフィア殿はもちろん、アカネ殿やマリア殿、レーヴァ殿も魔法に長けていると聞く。これで魔術学園の入試は安心だな」

魔力を完全に失っていたエミリアちゃんだけど、日常生活に支障がない程度まで回復している。むしろ今は、副作用で増加した魔力を活かすため、王都の魔術学園入学に向けて魔法の猛勉強中なのだとか。

　ロッド君が話しかけてくる。

「では、僕も指導をお願いしてもいいですか」

「ロッド君は騎士としての剣術と盾術ですよね。なら、ソフィアに頼んだ方がいいかもだね」

　僕がそう言うと、ソフィアが答える。

「バーキラ王国とユグル王国の違いはありますが、基本的な作法なら大丈夫だと思います」

「ぜひ、お願いします！」

　そんなわけで、エミリアちゃんとロッド君の指導をする事になった。

　ちなみに、僕がロックフォード家の方々と会話している間、カエデとルルちゃんはというと、料理が並べられたテーブルを飛び回っていたな。


　しばらくして、僕からのエミリアちゃんへのプレゼントが披露(ひろう)される事になった。

　テーブルの上でプレゼントが開けられ、エミリアちゃん、ロッド君、カエデ、ルルちゃんの四人がそのプレゼントで遊んでいる。

「あっ！　ポイズンスライムに遭遇。毒を受けて一回休みです」

「ルルは、角ウサギに遭遇。討伐して銀貨五十枚もらうですニャ！」

「あぁ！　トラップにかかり、二コマ戻るだ」

「やった！　ダンジョンで宝箱を発見。金貨百枚もらうだ！」

みんなが一喜一憂しながら楽しそうに遊んでいるのは、いわゆるすごろくだ。前世で子供の頃に遊んだゲームを元に作ってみたんだ。

エミリアちゃんには子供っぽすぎるかなとも思ったけど、喜んでくれているみたいでホッとした。

みんながすごろくで遊ぶのを見ていると、ロックフォード伯爵が話しかけてくる。

「イルマ殿、面白そうな玩具(がんぐ)だな。これもパペック商会から売り出すのかい？」

「いえ、まだその予定はありませんが」

「おお！　そうなのか！　では、私の商会で売らせてはもらえないか」

「えっ、ロックフォード伯爵の商会でですか？」

「ああ。我が家でも細々と商会を運営しているのだが、これといった売り物がなくてね。この、すごろくと言ったかな、これなら我が国の子供達にウケる事間違いないだろう」

「はぁ、そうですかね」

「エミリアがもらった現物から複製して、大量生産するための工房を立ち上げるよ。イルマ殿の手を煩(わずら)わせる事はしないさ。イルマ殿とは特許の独占使用の契約を結びたいね」

ロックフォード伯爵からそう言われると、嫌とは言えない。手間になりそうなのは特許料だけの話だけど……シャルロット達からまた叱(しか)られそうかな。

◇

ロックフォード伯爵邸で一泊した翌朝。

僕達は朝食を食べたあと、エミリアちゃんに魔法の指導を、ロッド君に盾術と剣術の指導をそれぞれ行うため、ロックフォード伯爵邸の広い中庭に集まっていた。

エミリアちゃんには、うちのパーティーの後衛職であるアカネとレーヴァ、そのサポートにマリアを付けた。

ロッド君には、ユグル王国の元騎士だったソフィアがマンツーマンで付く。

僕、マーニ、カエデ、ルルちゃんは、少し離れた場所でローズ夫人と一緒に見学だ。

アカネ達がエミリアちゃんに指導している声が聞こえてくる。

「エミリア様は、ご自分の魔法属性を知っていますか？」

「はい。それよりもアカネ様、私の事はエミリアでお願いします。アカネ様は魔法の先生で、私は生徒なのですから」

「では、エミリアさんと呼びますね。私の事も、様はいりませんよ」

「はい。では、アカネさんと呼びますね」

「レーヴァはレーヴァで構わないであります」

アカネが普通にちゃんと先生しているのを珍しく思いながら、僕はローズ夫人に尋ねる。

「エミリアちゃんの属性は調べたんですか？」

「ええ。病気が完治した副産物で魔力が人並み以上になったとわかって、すぐに調べましたわ。あの子の属性は、火属性と風属性です」

「へぇ、ダブルですか。それも相性のいい火属性と風属性」

「旦那様は、水属性や土属性がよかったらしいのですが、エミリア本人は喜んでいますね」

「……ま、まあ、水属性や土属性は領内の開発に役立ちそうですからね」

この世界ではこれまで攻撃魔法だけが持て囃(はや)されてきたが、最近変わってきている。これは僕のせいなんだけど、街道の整備、砦の建設、さらには城塞都市まるごと建設する事が、土属性魔法で出来るとわかってしまい、土属性魔法使いは引く手数多(あまた)なのだ。ロックフォード伯爵としては、領内開発にエミリアちゃんの力が使えればと思ったのだろうね。

「風属性魔法も石材の切り出しなんかにも使えますよ。でも、エミリアちゃんは攻撃魔法が使いたいみたいですね」

「そうなのよ。あの子ったらイルマさんやソフィアさん達に憧れているから、魔物退治したいなんて言い出しそうで……」

「は、ははっ、その時は僕達が護衛を請け負いますよ」

エミリアちゃんは見た目にそぐわず、アグレッシブな女の子みたいだ。

再びエミリアちゃん達の方に視線を戻す。

アカネが魔法を教えている真っ最中のようだ。

「いいですか。魔法を行使する時に大事なのは、魔力を感じる事と、魔力を自分の意思で操る事です。しっかりとしたイメージを持てば詠唱なんて必要ありません」

「えっ、そうなのですか？　我が家に仕える魔法使いの方はみんな、正確な詠唱が重要だと教えてくれましたけど……」

「詠唱なんて、実戦ではよほど余裕がなければ無理です。私達のパーティーでは詠唱する人はいませんよ」

「そうであります。それよりも、様々な自然現象の知識は魔法の効率化に繋がりますから、勉強するべきであります。詠唱は逆に、魔力感知スキルと魔力操作スキルの成長を阻害するであります」

「そ、そうなのですね。頑張ります」

アカネとレーヴァが教えている事は本当なんだけど、世間一般の常識とは違うんだよな。

まあ、エミリアちゃんは属性的に攻撃寄りだから、呪文の詠唱はしない方がいいだろう。問題があればマリアが何か言うだろうし。

続いて、ソフィアの方へ視線を移すと、そこではロッド君が吹き飛ばされていた。

ロッド君の向かいには、剣を持ったソフィアが仁王立ちしている。

おそらくソフィアの剣の一振りで吹き飛ばされたんだろう。やりすぎな気もするが、剣術や体術は身体で覚えた方が身に付くのも事実。僕も、剣術はボルトン辺境伯の騎士団で、体術は冒険者ギルドのバラックさんとの訓練で、ビシバシ鍛えられたからね。

ちなみにロッド君の装備は、オーソドックスなロングソードにカイトシールドという騎士らしいスタイル。対するソフィアも、ロッド君に合わせて同じような装備をしていた。

「ロッド様、盾で受け止めるのではない！　受け流すのだ！」

「は、はい！」

盾で受けるのも間違いじゃないけど、この世界は戦う相手が人間だけじゃないからね。圧倒的に体格差のある魔物の攻撃を受けきるのは、身体の小さなロッド君には向いていないだろう。

ロッド君は立ち上がり、盾を前に構えてロングソードで斬りかかった。

ソフィアはその剣を避けずに、盾の使い方を教えるために受け流す。そして、剣を流されて体勢が崩れたところを、ソフィアの回し蹴りが襲った。

ロッド君がまたしても吹き飛ばされていく。

伯爵家嫡男（ちゃくなん）に対して、あまりに激しい鍛錬だ。ちょっと心配になってロックフォード夫妻の様子を窺（うかが）ってみると、二人ともニコニコと微笑んでいた。

ロックフォード伯爵が告げる。

「ロッドは王都の騎士学園に通っているんだ。将来的には戻ってきてもらい、領主として領地を治めてもらう。同時に騎士団の責任者になってもらうつもりだ。自ら前線に出る事はないだろうが、頭でっかちの領主ではいかんからな。これくらいの鍛錬は望むところだよ」

「なるほど、確かに指揮を執るにしても、自分の身は自分で護れる方がいいですからね」

目の前で容赦なく転がされるロッド君だけど、ソフィアも手加減しているみたいだ。

だが、すべてにおいて差がありすぎる。

剣術スキルだけなら、実は僕も高レベルだったりする。でも僕の戦い方は騎士とはほど遠いスタイルだから、ロッド君の見本には向いていない。何せ、槍か剣を使いながら体術、魔法、おまけに錬金術を併用した戦いをするんだから。

「ロッド様、受け流す時は、相手の体勢を崩すよう心がけるのです」

「は、はい!」

手加減されていても、ソフィアの剣を受け流すのは難しい。普段の訓練では味わえないであろう、速度や圧力。それを経験するのが大事なんだと思う。

ロッド君の訓練は、彼がフラフラになって倒れたところで終了となった。

ロッド君がゼエゼエ言っているところにソフィアは声をかけ、日常的にこなすべき訓練メニューを伝えている。

やりすぎかなと思ったけど、ロッド君の方も真剣にそれを聞いていた。

「……では以上の事を考えて日々の鍛錬を頑張ってください。今日の鍛錬は終了です」

「はぁ、はぁ、はぁ……あ、ありがとうございました！」

ヘタリ込むロッド君に、ロックフォード伯爵家のメイドが水とタオルを持って駆け寄っていった。

ソフィアが涼しい顔で戻ってきた。

「お疲れ様、ソフィア。お茶でも飲みな」

「ありがとうございます」

椅子を一つ、アイテムボックスから出してあげた。ロックフォード伯爵家のメイドがソフィアにお茶を淹れてくれる。

ソフィアがお茶を一口飲み喉を潤したタイミングで、ロックフォード伯爵が訓練について聞いてくる。

「ソフィア殿、どうだいロッドは？」

「……そうですね。正直に申し上げると、一流の騎士になるというのなら、それは難しいかもしれません。ですが、一人前の騎士にはなれるでしょう」

「ふむ、それを聞いて逆に安心したよ。ロッドはロックフォード伯爵家の次期当主であり、一流の騎士になる必要はないからな。むしろそんな騎士を指揮する立場だ」

「はい、ロッド様に必要なのは、死なない事ですから」

そう、貴族家次期当主のロッド君に死ぬ事は許されない。護衛の騎士が全滅しようとも、生きて帰らねばならない立場なのだ。

ソフィアが盾術を重点的に鍛錬していたのは、そういうわけだ。

ロッド君が回復した頃、エミリアちゃんの方の訓練も終わっていた。


その後、ロックフォード伯爵と相談し、エミリアちゃんが来春王都の学園に入学するまで、聖域で魔法の鍛錬をつけてあげる事になった。ちなみにロッド君は、騎士学園の休暇がもうすぐ終わるので王都へ戻るとの事。

エミリアちゃんの聖域での鍛錬が決まって、ローズ夫人もとても嬉しそうだった。というのも、ローズ夫人はエミリアちゃんに付き添うつもりらしい。

「イルマ殿、迷惑だろうが、よろしく頼む」

「はい、お任せください」

苦笑いするロックフォード伯爵に、僕は笑みを浮かべて答えた。

そういえば、ミーミル王女の母親である王妃様もよくお隣に滞在しているし、シャルロットのお母さんのエリザベス様もまだ聖域にいるんだけど……

貴族のご婦人がどんどん増えるのは何故だ。

15　室内玩具を作る

エミリアちゃんとローズ夫人は準備があるというので、遅れて聖域に来てもらう事になった。

先に聖域に戻ってきた僕が見たのは――屋敷のリビングでくつろぐエリザベス様だった。

シャルロットの母親のエリザベス様は、領地のない法衣貴族なので暇なんだろう。膝の上にケットシーのミリとララを乗せて、満面の笑みを浮かべている。

ローテーブルの上に、僕が試作したすごろくが置いてあるので、みんなで遊んでいたのかな。

「ふふふっ、モフモフがたまりませんわ」

「くすぐったいニャ」

「お姉ちゃん、苦しいニャ」

違った、これはエリザベス様にミリとララが捕まっているだけだ。

「お母様が……申し訳ありません、タクミ様」

「おおっと、シャルロットか。ただいま」

背後から申し訳なさそうに声をかけてきたのは、エリザベス様の娘で、うちの文官娘三人衆の筆頭となっているシャルロット。

「あっ！　タクミ兄ちゃん！　助けてニャー！」

「タクミ兄ちゃーん！」

ミリとララに助けを乞われ、僕はエリザベス様に言う。

「エリザベス様、ミリとララが苦しそうですから、ほどほどにしていただけると嬉しいのですが……」

「あら、イルマさんお帰りなさい。お邪魔してるわ」

「ただいま帰りました……じゃなくて、どうしてミリとララに抱きついてるんですか！」

つい最近まで心労で体調を崩していたとは信じられない、そんなホワホワとしてマイペースなエリザベス様。

「いやん、イルマさんったら、大きな声を出したら、猫ちゃん達が怖がるじゃない」

「いや、ミリとララは僕を怖がりませんよ」

「タクミ兄ちゃーーん！」

「タクミ兄ちゃん、助けてニャ‼」

短い手足をバタバタさせるミリとララに、頬をグリグリ擦りつけて満足げな顔をするエリザベス様。猫好きなんだろうか？　でも、ここには猫人族のワッパやサラはいないな。

エリザベス様に聞いても埒があかないと思い、シャルロットに説明を求める。

その間、アカネ、マリア、レーヴァはそれぞれリビングから出ていった。お風呂に行く者、自室に戻る者、工房へ行く者。うん、みんな自由だね。

「で、どうしてこうなったの？」

「はい。お母様もずっと宿泊施設に缶詰では退屈だと思いまして、聖域を案内しようと仕事の休憩時間に連れ出したのですが……ボウリング場で遊ぶミリちゃんとララちゃんを見たところ……」

「ケットシーは珍しいから、初めて見たんだろうけど。そういえばワッパ達がいないんだけど」

「ワッパ君とサラちゃんには逃げられました」

「ああ、ワッパとサラはすばしっこいからね。でも、王都や前のボルド男爵領にも猫人族はいたんじゃないの？」

「以前の領地では、お母様はほとんど領民との交流はありませんでしたから。ですから、私もこんなお母様に戸惑っていまして……」

「そっか。エリザベス様にもストレスもあったんだろうけど、そろそろミリとララを助けようか」

「はい」

僕とシャルロットでミリとララを抱き上げて助け出した。

エリザベス様が落胆の声を上げる。

「ああ～！　私の子猫ちゃ～ん！」

「一緒にお茶を飲んだりすごろくしたりするくらいなら大丈夫ですけど、きつく抱き締めすぎるのはダメですよ」

「あ〜ん、イルマさんの意地悪〜！　……そうだ、子猫ちゃん達お持ち帰り出来ない？」

「お母様！　何をバカな事を言ってるのですか！」

「ダメですよ。ミリとララにはお父さんもお母さんもいるんですから。人攫いになりますよ」

シャルロットと僕がきつく告げると、エリザベス様はむくれたように言う。

「じゃあいいわ。私がここに住めば問題解決よね。あら、いい考えじゃない。シャルロットともいつでも会えるし、可愛い子猫ちゃん達とも会えるわ。そうと決まれば、荷物の手配をお父様に頼まないといけないわね」

「「…………」」

僕は頭を抱えつつ、シャルロットに小声で問う。

「……エリザベス様って、こんな人だったの？」

「……私も初めて知りました」

「それに、名誉男爵位でも、バーキラ王国の貴族が聖域に移住って大丈夫なの？」

「……さあ？」

はぁ、面倒な事になったよ。サイモン様に確認する必要があるよな。

◇

エリザベス様はあのあと、ミリとララに謝ってくれた。これからは暴走しない事を約束してくれたので、猫人族のワッパ、サラ、人族の姉妹コレットとシロナ、エルフの姉妹メラニーとマロリーも呼んであげた。

今はローテーブルを片付け、大きなラグの上ですごろくを囲んで、みんなで遊んでいる。

貴族のご婦人が這うような姿勢でその中に交ざって楽しそうにしているのは……見ないようにしよう。さらに何故かミーミル王女まで交ざっている。もはや何も考えない方が僕の精神衛生上いいだろうね。

その後、シャルロットに書斎に連行された僕。まとまった書類の山に目を通して、せっせと処理していると晩ご飯の時間になった。

今日は、大きな方の食堂で子供達も一緒に食べる事になったみたいだ。

ワッパとサラがテーブルに着いて、まだかまだかと料理が出てくるのを待っている。

こんな時、子供達の個性の違いがわかるね。

ナイフとフォークを両手で握って、待ち遠しいのを隠さないワッパとサラ。コレットとシロナは嬉しそうな表情だけど、大人しく待っている。

メラニーとマロリーが少し緊張気味なのは、ミーミル王女までがこの場にいるからだろうな。それでなくても、メラニーとマロリーは大人しい子達だし。

メイド達が料理をワゴンに載せて運んでくると、ワッパとサラ、ミリとララが歓声を上げた。

ワッパ達は聖域で暮らすようになってから、隙間風の吹かない住居、温かな布団、清潔な服が与えられ、食べる物にも困る事はなくなった。それでも僕の屋敷で出てくる料理は格別らしく、彼らが興奮気味なのは仕方ない。

「では、いただきます」

「「「「いただきまーーす!!」」」」

「「おいしーーい!」」

「おいしいね、お姉ちゃん」

「うん、お母さんにも食べさせたいね」

マロリーがメラニーに、お母さんのメルティーさんにも食べさせたいと言っている。ソフィアは頷くと、二人に話しかける。

「メルティーさんも呼んであるから、もうすぐ来ると思うわよ。それとミリ、ララ。マッボさんとポポロさんも呼んであるから安心してね」

「ありがとうニャ」

「お姉ちゃん、ありがとうニャ」

ケットシーの姉妹は料理のソースで汚れた口をほころばせ、エリザベス様が嬉しそうにその口元をナプキンで拭いている。

その姿は微笑ましいとは思うのだけど、ミリとララが若干引いてるのは仕方ないかな。

その後すぐに、ミリとララの両親であるマッボさんとポポロさんと、メラニーとマロリーのお母さんであるメルティーさんも加わり、騒がしくも楽しい夕食の時間は過ぎていった。

食事を終えてミリとララ達が帰る時に、エリザベス様が二人を抱き締めて離さないというアクシデントはあったものの楽しい夕食だった。

帰り際に、ワッパとコレットからお願いされる。

「タクミ兄ちゃん、あのすごろく面白えな。アレをみんなの家にくれよ」

「タクミお兄さん、家の中で遊べる物があると、雨の日や風の強い日は小さな子達が退屈しないのですが……」

「ああ、外で遊べない日は退屈だよね」

ボウリング場やサッカーグラウンドが出来て、遊ぶ選択肢も増えたんだけど、それらは大人もハマっているので、子供達だけが使えるわけじゃない。子供達は鬼ごっこやかくれんぼみたいな遊びもしているけど、家の中で遊べる玩具はほぼないんだよね。何より、すごろくはかなり楽しかったようだ。

「なあ、いいだろう？　いつでもタクミ兄ちゃんの家で遊べるわけじゃないしさぁ」

「そうだな。じゃあすごろくと他にも何種類か作って配ろうか」

「ほんとですか！」

「やったー！　ありがとう、兄ちゃん！」

考えてみれば僕も子供の頃は、外で遊ぶのと同じくらい、家の中で遊べるオモチャやゲームを楽しんでいた記憶があるもんな。

◇

子供達を招いて夕食を食べた次の日。

相変わらず宿泊施設じゃなく、我が家に滞在するエリザベス様をシャルロットに任せ、僕は子供達に頼まれた玩具を作ろうと工房に来ていた。

物作りをすると特許関係とか面倒な仕事が発生するんだけど、すごろくをロックフォード伯爵の商会が売り出すのも決まった事だし、あんまりそういう事は考えないと決めた。

それに、聖域の子供達のために色々とオモチャやゲームを作るのは自重する必要はないと思ったんだ。事務作業が増えたとしても、そのためのシャルロット達だからね。

まず、ジェンガやリバーシといったラノベの転生物においてのテンプレの玩具は作ると決めた。ルールもわかりやすいし、作るのも簡単だしね。

次にチェスや将棋は……戦争の戦略的な思考を鍛えるゲームだからどうするか。でも、それらは子供達の思考能力を鍛えるにはもってこいのゲームでもあるし、聖域だけで遊ぶ分にはいいかなぁ。

ちなみに、僕は将棋よりも囲碁派だったんだけどね。子供の頃、爺ちゃんと縁側で碁を打ってたのが懐かしい。

うーん、心配事はさておき、もう物作りに没頭しよう。あとは何とでもなるさ。

まずはジェンガを作るべく、僕はアイテムボックスから木肌の濃い色の木材を取り出すと、強くイメージを固めて魔法を発動する。

五十四本の直方体が、工房のテーブルの上に現れる。早速三本ずつ縦横に積み上げ、十八段のタワーを作りバランスを確認する。

「うん、よさそうだな。聖域を示す刻印も入れて、よし、とりあえず百セットほど作っておこう」

僕は木材を追加で取り出すと、まとめて錬成する。

ワンセットずつ容れる箱も錬成する。一つひとつ手作業でセットしたので時間がかかってしまったけど、遊んだあとに片付けるための箱は必要だからね。

「次はリバーシだな。駒の材質は石か骨かな」

いくつか候補を挙げて、素材を取り出して思案する。

「とりあえず試しに作ってみよう」

石の駒、魔物の骨の駒、ドラゴンの鱗の駒、ドラゴンの牙と骨の駒と作ってみた。ドラゴン素材は魔大陸のダンジョンで狩った素材が大量に残っていたので、遊び心で作ってみた。

石の駒は質感は問題ないが、若干重くて衝撃に弱そうだ。

魔物の骨はいい感じだ。丈夫さも問題ないだろう。

ドラゴンの鱗は、軽くてとても硬く丈夫。当たり前だけどね。

ドラゴンの牙と骨は鱗ほど軽くないが、その白い光沢は高級感があり、もちろん耐久性も問題ないだろう。

「うーん、石はないかな。一般向けに魔物の骨で作って、高級品としてドラゴンの骨を使ったのを作るか……はっ！　いつの間にか、もう売るつもりで考えてた」

ジェンガもいきなり百セット箱入りで作ってしまったし、リバーシも量産するのを前提で考えてたよ。

それはさておき、八かける八マスの盤面に白黒の駒を作る。

魔物の骨をアイテムボックスから大量に取り出す。魔物の骨は大量にストックしてあるので、その気になれば何千何万セットと作れるだろう。

駒の半分を黒く染める染料も取り出し、まとめて錬成する。

魔物の骨を使った一般向けを五百セット、ドラゴンの骨を使った高級品を百セット完成させる。

一般向けは紙箱を、高級品は木箱を用意する。

「もうこの際、チェスも作っちゃえ」

これは数を作るつもりがなかったので、ドラゴンの牙から錬成する。

キング、クイーン、ビショップ、ナイト、ルーク、ポーンの駒を強くイメージする。

チェスの駒は、その凝った造形がカッコいい。それをしっかりとイメージして、錬成を発動させる。

「おお！　いいんじゃないかな」

出来の良さに、思わず自画自賛してしまった。

続いて、チェス盤兼収納箱を木材から錬成。ドラゴンの牙も山ほどあるんだけど、とりあえずこれは五セットだけにしておいた。

何だか楽しくなってきたな。

おっ、そうだ。アレを作ろう。ワッパ達も喜ぶに違いない。

ひとまず、大量に作ったジェンガやリバーシをアイテムボックスに一旦収納する。

次に作ろうと考えたのは、トランプだ。

素材はトレントの端材と数種類の染料。絵札をしっかりとイメージするのが大変だったけど、出来るだけシンプルな絵柄にして乗りきった。

「錬成」

素材が分解され再構成されて、二枚のジョーカーを含めた五十四枚のカードが現れる。

「うん、絵柄も問題ないな」

この世界でもキングやクイーンは通用するので、絵柄で困る事はない。ただジョーカーだけは、この世界に道化師が存在しないので、絵柄をドラゴンにしてみた。意味合いとしては外れるかもしれないけど問題ないだろう。

出来を確認してから、同じ物を五十セットほどまとめて錬成。一つひとつ箱に入れてアイテムボックスに収納しておく。

トランプは麻雀と同じように、遊び方を説明する冊子が必要かな。

そこでふと玩具だけでいいのかな、と思ってしまった。天候の悪い日のために、家の中で遊べるようにって、作り始めたのに……

まあ、いいか。色々と作りたい意欲が抑えられないんだから。

16　自転車を作ろう

聖域の居住区や各施設を結ぶ道は綺麗な石畳で、舗装されていない道もデコボコのないように整備されている。

しかも、すべてではないが、石畳には馬車やリヤカーの轍が残らないように、強化の付与魔法がかけられている。

何が言いたいのかというと——自転車を作ったら便利なんじゃないかという事だ。

聖域も最初の頃から比べると凄く広くなったからね。

まずは大事なフレームの素材だけど、僕らの世代ならクロームモリブデン鋼、いわゆるクロモリ鋼のフレームが馴染みが深いんだけど、確か僕が転移する頃には、カーボン素材が競技用自転車のフレームには使われていたと思う。他にもチタンやアルミニウム合金とかの選択肢もあるけど、この世界には魔法金属という不思議素材が存在する。ならば使わない手はないよね。

アイテムボックスから取り出したのは、ミスリルのインゴット。

ミスリルは代表的な魔法金属だが、そのままでは強度が鉄よりも少し上程度。だが合金にする事で、軽くて硬く靭性の高い金属になる。

ミスリル合金を錬成し、フレームを成形する。

「魔法なら溶接も必要ないから楽だな」

スポーク、ハンドル、ペダル、ギア、チェーン、ベアリングなどを作っていく。

特にハブベアリング用のボールベアリングの工作精度は、この世界では魔法がなければ望めない。もし自転車を僕以外が作るとしても、魔法使いを揃える必要があるから、とんでもない値段の自転車になりそうだ。

そしてゴムの再現も可能だったけど、もっと強度が欲しかったので、魔物の皮を素材にゴムもどきを錬成し、チューブレスタイヤを作った。サドルのシートにも魔物の皮を使っているので、耐久性は抜群だ。

「ブレーキはどうしようか……」

V(ブイ)ブレーキがいいだろうな。

素材を用意して一度で錬成し、完成したパーツを組み立てていく。細かな調整を魔法で行いながら組み立てていく事、十分ほど。

見た目はオーソドックスなクロスバイクが完成した。

「うん、かっこいい」

「おお！　それは何でありますか？」

完成した自転車を眺めて自画自賛していると、工房に入ってきたレーヴァが好奇の声をかけてきた。

「ああ、レーヴァか。これは自転車という乗り物だよ」

「自転車でありますか。乗り物という事は、その部分に跨(また)るのでありますな。でもタイヤが二つしかないでありますよ」

「そう、そのサドルっていう部分に跨って、このペダルを漕ぐと前に進むんだ。タイヤは二つで大丈夫なんだよ」

「おお！　人力の乗り物でありますな。でも、タイヤが二つでも大丈夫とはどうしてでありますか？」

「試乗してみるかい？」

「ぜひ、ぜひ、乗せてほしいであります！」

僕も不具合があるか確認しておきたかったので、レーヴァと自転車の試乗をする事にした。

◇

自転車を工房から持ち出し、屋敷の前の道で試してみる。

「僕が見本を見せるね」

「お願いするであります」

僕は自転車に跨りペダルに片足を乗せると、ハンドルを握りペダルを踏み込んだ。

「おお！　凄いであります！　な、なんと、結構スピードも速いであります！」

ギアの具合やブレーキの利きの確認、ペダルの重さの確認をしながら自転車に乗って周囲を走る。

そしてレーヴァの前に戻り、ブレーキを握って自転車を停める。

「うん、問題なさそうだ。レーヴァも乗ってごらん」

「了解であります！」

子供が自転車の練習をするように、後ろから持ちながら練習しないとダメかな。なんて考えていたけど、レーヴァは普通に自転車を乗りこなしてみせた。

この世界の人達のスペックの高さを侮っていたよ。

レーヴァは自転車が気に入ったのか、聖域のあちこちを走ってくると言って、そのまま行ってしまった。


しばらく屋敷の前でレーヴァが戻ってくるのを待っていたんだけど——

目を擦って二度見した。

レーヴァが遠くから自転車に乗って走ってくるのはいい。問題は、その後ろにワッパをはじめとする聖域の子供達を連れていた事だ。

「うわぁ、もの凄く嫌な予感がする」

楽しそうに満面の笑みを浮かべてレーヴァを追いかける子供達。

その目的なんて、考えなくてもわかる。

キキー。

ブレーキを握って急停止したレーヴァが自転車を絶賛し始める。

「タクミ様、これは凄いであります！　歩くよりずっと速く、走るよりずっと楽チンであります！これが魔導具じゃないなんて、驚きであります！」

「あ、ああ、少し落ち着いて、レーヴァ」

とりあえず工房に戻ってレーヴァから詳しく感想を聞きたかったけど、それが叶う事はなかった。

「タクミ兄ちゃん！　アレ、俺にも乗せてくれよ！」

「タクミお兄ちゃん！　サラも乗りたい！」

「タクミお兄ちゃん、ミリも乗りたいニャ！」

「ララも！　ララもニャ！」

猫人族の兄妹のワッパとサラ、ケットシーの姉妹のミリとララが僕のズボンを引っ張ってピョンピョン跳ねている。

かなり興奮しているな。あとでね、なんてごまかせそうにない。

そのあとコレットやシロナ、メラニーやマロリーも追いつき、僕は子供達に囲まれて揉みくちゃになってしまった。

「ちょ、ちょっと待って！　この自転車は大人用だから、ワッパ達が乗れるようなサイズの自転車が出来るまで待って！」

「「「「エェェェェーー!!」」」」

「じゃあ、すぐに作ってくれよ！」

「ミリとララはもっと小さいニャ！」

「わかってるから！　ちゃんと色々な大きさのを作るから！」

パンッ、パンッ、パンッ。

そこに、手を叩く音が聞こえた。

「そこまでです、坊っちゃま、お嬢様方。旦那様を放していただかないと、ソレは完成しませんよ。旦那様ならすぐに作ってくださいます。大人しくお家で待っていましょうね」

「「「……はい（ニャ）」」」

屋敷前に出てきたのは、メリーベルだった。今日はメリーベルが聖域に来る日だったのか。とりあえず助かったな。

「タクミ兄ちゃん、早く頼んだぞ」

「お利口にして待ってるニャ」

メリーベルの迫力に、子供達が大人しく帰っていった。

それを見送りながらホッとしていると、メリーベルが近づいてくるのを感じた。振り返ると、メリーベルはとてもいい笑顔を向けてくる。

「旦那様、これでは私達メイドが乗れません。至急改良を要求します」

「へっ？　えっと、メリーベル達も使うの？」

メリーベルが言った事が一瞬理解出来ずに聞き返す。するとメリーベルは、何を馬鹿な事を、と言いたげに首を縦に振る。

「当然でございます。日々の細かな買い物や用事の際、わざわざ馬車を使わなくてもいいのです。むしろ、これは私達メイドのための乗り物です」

「あ、ああ、そうなんだ……」

メイド用も作らないとダメみたいだ。メリーベル達には、馬車の使用を許可しているが、確かに馬車じゃ大げさな場合がほとんどだ。買い物や用事の時に、自転車があれば便利だと思う。

僕が自転車を作った元々の目的も、あれば便利かなぁと思ったからだしね。

「わ、わかったよ」

「では、ボルトンに二台、こちらのお屋敷に二台お願いします」

「へっ？」

メリーベルはそう言うと、いつもの丁寧なお辞儀をして屋敷の中へ戻っていった。

「ボルトンに二台って、ボルトンでも使うの？　それって……」

僕がぼそりと呟くと、レーヴァも手伝うでありますから」

「諦めるであります。レーヴァも手伝うでありますから」

「……避けられないよね」

「マッハでパペック殿が飛んでくると思うであります」

「だよね……」

シャルロットに叱られたばかりなのに、また面倒な案件を増やしてしまった。

でも、僕は悪くない。作りたい物を作っただけだ。

「しっかりするであります。大丈夫であります。タクミ様は物を作る事が仕事であります。それで忙しいのは胸を張るべきだと思うのであります」

「そ、そうだな。うん、胸を張っていればいいよね。うん、少し気が楽になったよ」

「では、自転車の追加を作るでありますか」

「了解、頑張ろうレーヴァ」

屋敷に戻るとメイド達から頑張ってくださいと励まされ、シャルロットやジーナとアンナから呆れた顔をされた。

うん、しっかりと謝ったさ。

◇

レーヴァと工房に戻って、早速子供達用の自転車と、メリーベル発注のロングスカートで乗れる自転車、いわゆるママチャリを作ろうと二人で相談する。

「ロングスカートのまま乗れる自転車でありますか？」

「ああ。フレームの形はわかっているから大丈夫だよ」

ママチャリは中学生くらいからよく乗ってたから、形状くらいは知っている。タイヤのサイズも変えた方がいいかな。

「フレームはミスリル合金でありますか？」

「流石にミスリル合金じゃ問題あるかな」

「そうでありますな。聖域で使うのなら問題ありませんが、ボルトンでは危険であります」

聖域ではミスリル合金を気軽に使っているけど、本来は超高級武具に使用される金属だ。ボルトンでは盗難の心配が付きまとうだろう。

「でも、わざわざグレードを下げるのもなぁ」

「なら、ミスリル合金とわからないように塗装するのはどうでありますか？」

「そうしようか。ミスリル独特の色合いもいいけど、いろんな色に塗装しようか」

レーヴァの言う通り、塗装でごまかすのはいいかもしれない。僕達が使う物をわざわざダウングレードする意味はない。ミスリルはノームのおかげで、聖域の鉱山区画でいっぱい採れるからね。

「子供用の自転車は、試作のと同じ形でありますか？」

「色々なタイプを作ってみようと思っているんだ」

子供用の自転車は、クロスバイクじゃなくマウンテンバイクタイプを大きさを変えて何台か作ってみようと思っている。それに加え、普段からスカートを好んで穿(は)いている子のために、ママチャリを小型化したような子供用自転車も作ろう。

「問題はケットシーの二人でありますな」

「うーん、一応、ミリとララの身体に合わせた自転車を作るつもりだけど、乗れそうになかったら考えてみるよ」

他の種族の子供達に比べて小柄で手足の短いミリとララが自転車に乗れるのか、という不安はある。補助輪を含めて、作るだけ作ってみようかな。仲間外れは可哀想だからね。

ひとまず、レーヴァにママチャリのフレームの形を見せるため、見本に一つ錬成しみた。

「こんな感じかな」

「なるほど、これならスカートでも大丈夫であります」

「じゃあ続けて他のパーツを錬成して一台組み立てよう」

「はいであります！」

ブレーキは面倒なので、クロスバイクに使った物を流用する。ハンドル、サドル、ペダル、タイヤとスポークにハブを錬成、レーヴァと微調整しながら組み立てていく。

「おお、これがメイド用の自転車でありますな」

「うん、一応メリーベルに確認してきてくれるかな」

「了解であります！」

組み立てたママチャリを、レーヴァが工房から持っていった。

待っている間、子供用自転車のパーツを錬成していると、レーヴァがママチャリとともに戻ってきた。

「どうだった？　メリーベルは何か言ってた？」

「メイド長はカゴを所望であります」

「カゴかぁ。確かにママチャリにはカゴは付き物だよな。了解、わかったよ」

メリーベルの要望通り、よくあるママチャリのカゴを錬成する。

「ついでだから、前カゴだけじゃなくて、後ろにも荷台と取り外し出来るカゴを作っておくか」

前カゴにあまり重たい荷物を載せるとバランスが悪くて運転が大変だから、後ろカゴも用意しておこう。

「よし、こんなものかな。レーヴァ、複製をお願い出来るかな」

「了解であります。何台必要でありますか？」

「えーと、とりあえず聖域に二台とボルトンの屋敷に二台だから、あと三台かな」

「早速、作るであります」

「お願い」

レーヴァにママチャリの残りを任せて、僕は子供用の自転車の製作に移る。

ワッパ達の身長をイメージしながら、マウンテンバイクのフレームを錬成。もちろん素材はミスリル合金だ。

太めのタイヤとハンドルにブレーキと、サイズを慎重に調整しながら錬成していき、組み立てる。

不具合がなさそうなので、同じマウンテンバイクを一気に錬成する。

一度完成させた物を、手順を飛ばして錬成するのは難しくない。

メラニーやマロリーはエルフだけあって、ワッパ達より手足が長いので、サイズを変えて二台錬成する。

そして問題の、ケットシーのミリとララ用の自転車。

最初はワッパ達のマウンテンバイクを縮小した物を錬成してみたが、少しバランスがよくないので、各部を調整しながら完成させる。

「うん、これでたぶん大丈夫だろう」

ミリとララに試してもらった方がいいかな。そう思った僕は、レーヴァに声をかけてミリとララの家に向かった。

喜んでくれると嬉しいな。


「ミリ、ララ、自転車を試してくれないかな?」

「本当ニャ!」

「やったニャ!」

必要かもしれないからと、補助輪も一応作ったんだけど……

いきなりスイスイと乗りこなしているよ。

ははっ、この世界の子供は運動神経がいいんだね。

◇

その後、メイド達や子供達が乗る自転車を見て、聖域の住民も欲しがった。

流石にミスリル合金の自転車を配るわけにもいかず、急遽、ドガンボさんやゴランさん達にお願いして、クロモリ鋼製フレームの自転車を作ってもらう事に。

部品によっては、僕かレーヴァじゃないと製造出来ないので、結果的に僕達はもの凄く忙しくなった。

そんなこんなでレーヴァと一緒に工房に籠もっていると、ソフィアが声をかけてくる。

「タクミ様、住民からサイクリングロードの整備の要望が届いています」

「いや、ソフィア達がサイクリングしたいんだろ？　わかってるよ。いや、嫌だって言ってないよ。うん、わかってるから」

自転車で聖域の中を走るのは、思いのほか気持ちよかった。当然のように自転車にハマる人間が増えた。

「聖域は道が綺麗に整備されていますが、それでも居住区や各区画を結ぶ道だけ。その道も自転車で走るには少しガタガタするので……」

「……そうだね。考えてみるよ」

普段、あまり僕に甘えないソフィアにお願いされたら断れない。

確かに石畳の道は自転車で走るには小さな衝撃があるだろうし、硬すぎるかもしれないな。アスファルトみたいに滑らかで、かつ多少の柔軟性があれば理想かな。

「色々実験しながら考えてみようか」

「了解であります」

それから僕は、合間合間に書類の山と格闘し、舗装路の素材を色々と変えながら何度も造っては壊すのを繰り返した。

「おお！　これはなかなかの感触であります。ペダルを漕ぐのがスムーズであります」

「そうだね。この感じなら長く乗ってても疲れにくいね。滑らかだけど滑りにくく出来ているよ」

レーヴァと二人でクロスバイクに乗って、試験用の道を試走していた。

「タクミ様、これでいくであります」

「うん、僕もこれでいいと思う」

そうと決まれば、まずは素材の確保だ。

◇

僕は一人、鉱山区画で石の採掘に励む。

何故一人なのか？　レーヴァは何をしているのかというと、ソフィアやメリーベル達とサイクリングコースを選定する会議を開いているんだって。

その会議には、ウィンディーネ、シルフ、ドリュアスも参加しているらしい。何でも聖域の自然の景観を壊さず、なおかつ自然を満喫出来るコースにするとの事。

なおウィンディーネ達は、聖域の自然を壊さないように監視するために会議に参加しているわけじゃない。歩いたり走ったりしなくても、どこへでも移動出来る大精霊のウィンディーネ達なのに、自転車に乗る感覚を面白がっているのだ。

そうなると、ノームとニュクスのインドア派の二人を除く大精霊達が、専用の自転車を要求したわけで……

大精霊達用の自転車？　ああ、作ったさ。細かなデザインや色の指示にも応えたさ。

僕が余裕を持って素材を確保して屋敷に戻った時、リビングではまだ話し合いが続いていた。

「宿泊施設に続く道にも自転車専用路があった方がいいですね」

「ああ、宿泊施設で働く住民が自転車通勤出来るわね。なら、自転車置き場も必要ね」

「自転車置き場でありますか？」

「そうよ、レーヴァ。聖域の景観を守るためにも自転車の置き場は造らないと」

ソフィアが聖域の入り口にある宿泊施設まで自転車専用路が必要だと言い、アカネが自転車置き場の必要性をレーヴァに話している。

「お帰りなさいませ、旦那様」

「ただいま、メリーベル。それで、だいたいのコースは決まったの？」

「まだもう少しかかると思います」

そう言ってメリーベルが指差した先では、ウィンディーネ、シルフ、ドリュアスがテーブルに広げた聖域の地図を見ながら話し合っていた。

「ここ、この精霊の泉を眺めながら走るコースは外せないわ。泉越しの精霊樹も見ながら走れる絶好のコースよ」

「それならこの草原の近くを通るコースの方がいいわ。きっと風が気持ちいいに決まってるもの」

「あら～、この林の中を抜けるコースも気持ちいいわよ～。森林浴が出来るもの。森の香りがして最高よ～」


ウィンディーネ、シルフ、ドリュアスが自分のコースがいいと言い合っている。

何故か、嫌な予感が増してくるのは気のせいだろうか。

「うーん、じゃあ全部造ればいいんじゃない？」

「そうね。聖域の住民もその方が喜ぶわ」

「じゃあ、早速地図に描き込みましょ～う」

ほら、嫌な予感が当たったよ。

「メリーベル、行ってくるよ」

「いってらっしゃいませ」

メリーベルに見送られ、僕は足りないだろう素材の確保に向かうのだった。

17 忙しい日常と不穏な噂

疲れた身体をソファーに沈め、大きく溜息を吐く。

「はぁ～、やっと終わった」

「「「お疲れ様です」」」

「旦那様、お茶をお持ちしました」

ソフィア、マリア、マーニが労いの言葉をかけてくれ、マーベルがお茶を淹れてくれた。今日はマーベルが聖域担当らしいね。

聖域の大通りに沿った自転車専用路と、自然の中に溶け込むサイクリングロードは完成したんだけど、これが思った以上に大変だった。

特にサイクリングロードの方は、ウィンディーネ達の細かな指示のもと、聖域の景観を壊さないよう細心の注意が必要だっただけに、神経をすり減らしたんだ。

「サッカーをする住民にも、グラウンドまで自転車で行けて楽になったと好評ですよ」

「ボウリング場にも自転車置き場を造って正解でしたね。いつも自転車がたくさん停められていますよ」

ソフィアとマリアが住民の反応を教えてくれる。

自転車専用レーンを造るだけじゃ不十分なので、サッカーグラウンドやボウリング場、宿泊施設や教会、音楽堂や公園にも自転車置き場を設置した。

実は既に、自転車が聖域の住民の一家に一台以上普及しちゃったんだ。それは自転車置き場が必要になるよね。

「本当に大変だった……」

「住民の皆さんが自転車を欲しがりましたからね」

「うん。みんな、なけなしのお金を握りしめて来るんだもん。断れないよ」

ちなみに、聖域では大陸共通通貨が流通している。

お店の種類もそれなりにあって、農産物を仕入れて売るお店、人魚族の営む海産物や塩を売るお店、エルフやドワーフの作る日用品を売るお店、古着屋や酒屋もあるけど、どこのお店も商品の値段は格安だった。

聖域に暮らす住民は全員が何らかの仕事をしているので、お金を持っていないわけじゃない。

「でも、赤字だったんじゃないですか？」

「材料は僕が持ってた物がほとんどだから、お金は使っていないけど、赤字といえばそうなるのかな」

マーニに自転車の値段が安すぎたんじゃないかと聞かれたけど、実際、住民用に作った自転車は、ミスリル合金製じゃなくて、普通のクロムモリブデン鋼だったし、魔物素材に関しては、アイテムボックスの肥やしになってた、使う予定もなかった物ばかり。一応ボルトンや王都の冒険者ギルドに持っていけばそれなりのお金になるだろうけど、所詮はそれなりだ。

そこに、疲れた様子でレーヴァが戻ってきた。

「ふぅ〜、流石に疲れたでありますよ」

「お疲れ様。全員分の名前を刻むのは大変だったね」

「本当であります。しかし、色も形も同じタイプの自転車でありますから、間違えてトラブルになるのを防ぐには仕方ないであります」

住民のみんなには、ママチャリタイプ、クロスバイクタイプ、大人用マウンテンバイクタイプ、子供用マウンテンバイクタイプ、子供用ママチャリタイプ、人魚用にビーチクルーザータイプと色々作ってみたんだけど、色を変えてもまったく同じ自転車が何台もあるのは避けられなかった。

そこで、自転車に名前を刻印する事になったんだ。

「ごめんね、レーヴァに任せちゃって」

「仕方ないであります。タクミ様は、シャルロット達に連行されて、事務の仕事だったでありますから」

その刻印をしている時に、僕はシャルロットに捕縛され、書斎に缶詰になり書類の山に囲まれていた。

早速、パペックさんがボルトンのメイド達の乗る自転車に喰いつき、特許契約が結ばれ、さらには自前で作るのが無理な部品を購入する契約まで結ばれていたのだ。

流石にボールベアリングは、ドワーフでも難しいらしい。腕のいい錬金術師なら同じサイズの金属球を錬成出来るだろうけど、そんな錬金術師はいないってパペックさんが嘆いていたな。

魔法職の人は、どうしても派手な攻撃魔法じゃないと魔法じゃないって考え方の人が多いみたいだし。

パペックさんも錬金術師の育成を始めたって聞いているけど、まだまだモノになるのに時間がかかるらしい。

マリアが思い出したように、ボルトンで聞いた噂を話してくる。

「それはそうと、ちょっと気になる噂を聞いたんですけど。ここのところ、シドニア神皇国からの難民が増えているらしいですよ」

「今さらかい？　確かシドニア神皇国は崩壊後、バーキラ王国とロマリア王国が復興支援していたよね」

「はい。治安維持、食料支援、産業復興、と随分お金がかかったみたいですね」

「でも、戦争するよりお金はかからないんだろうね。シドニアが落ち着いてくれないと周りの国も困るんだろう。しかしおかしいね、シドニアは自治都市として何とか治まったと聞いていたけど……」

元々王政じゃなかったシドニア神皇国は、自治都市が集まって合議制で運営する形で動き出したはずだ。戦争後すぐならわかるけど、こんなに時間が経ってから難民が増えるなんて、何だか嫌な予感がする。

何かモヤモヤとした嫌な感じが収まらなかった。

18 釣りに行こう

「「お、さ、か、ニャ、おさかニャ！」」

僕の目の前で、尻尾がユラユラと楽しげに揺れている。

ミリとララが手を繋いで、僕の前をスキップしているのだ。

「なぁなぁ、タクミ兄ちゃん。俺達の竿もあるんだろ？」

「ああ、ワッパ達の竿も用意してあるよ」

「ヤッタァー！　今日は釣りまくってやるぜ！」

「サラの方がたくさんお魚さん釣るもん！」

今日は子供達を連れて、海へ釣りに来ていた。

みんなで自転車に乗って海までやって来て、自転車は砂浜近くに停めてある。そうして釣りのポイントまで行く途中なのだ。

魚が食べたいだけなら、人魚族の魚屋で買えばいいんだけど、釣りにはまた別の楽しみがあるからね。釣れなくてボウズでも、それはそれで楽しかったりするし。

ワッパ達子供連中は、釣る気マンマンだけどね。

釣竿やリール、釣り針は僕が作り、糸はカエデが細くて丈夫なのを提供してくれた。

今日のメンバーは、子供達と引率役の僕、いつもの護衛にソフィア、それと僕の世話役にマーニだ。マリアとカエデは、アカネと服飾関係の打ち合わせがあるらしい。

その代わりなのか、何故かエリザベス様がついてきている。一応貴族家の当主なのに、凄いラフな服装で、やる気マンマンみたいだ。楽しそうだからいいのだけど、たぶん、ミリとララがいるからだな。

レーヴァはここのところ仕事がハードだった事もあり、今日は完全休養で一日中ベッドで過ごすと宣言していた。

「よし到着。危ないから走らないようにね。年長さんは小さい子を見ていてあげてね」

「「「はーーい！」」」

砂浜から伸びた桟橋に到着した。

「タクミお兄ちゃん、エサを付けてほしいニャ」

「よしよし、ちょっと待ってね」

ミリとララに頼まれ針にエサを付ける。

「イルマさん、私のもお願いしますわ」

「……はい」

ミリとララのいる所には、漏れなくエリザベス様が付いてくるようだ。

「ありがとうございますわ。さぁ、子猫ちゃん達、一緒に糸を垂らしますよ」

「「はいニャ」」

エリザベス様はエサを付けてもらうと、ミリとララを連れていってしまった。

……僕も釣ろう。


「ニャ！　かかったニャ！」

「お姉ちゃん、ガンバレニャ！」

「まあ、凄いわ、ミリちゃん」

うーん、ミリに早速アタリがあったみたいだ。僕も頑張らないとな。

「わーい！　おさかニャ釣れたニャ！」

「あ！　ララの竿にもおさかニャ来たよ！」

うわぁ、ララにも来たか。

「あら、私の竿にも、これを巻けばいいのね」

エリザベス様にもアタリが……

「おっと、来た来た来たぁ！」

「凄く引いてるよ、お兄ちゃん！」

おお、ワッパにもアタリが……

いや、冷静に、冷静に、平常心、うん、平常心が大事だな。

「シロナ、引いてるわ！　リールを巻くのよ！」

「わかった、コレットお姉ちゃん！」

何だ何だ、入れ食いじゃないのか？　……僕以外は。

「メラニーお姉ちゃん釣れたよ！　赤いお魚だよ！」

「凄いわね、マロリー。お母さんも喜ぶと思うわよ」

へ、へぇ～、あれって鯛に似てるなぁ。美味しいのかな。いや、食べた事あったな。確か鯛に似て美味しかった。うん、僕も頑張ろう。

「わーい！　大っきいの釣れたー！」

「私にも来たー！」

「おっ、俺もまた来たーー！」

「ミリにもまた来たーー！」

「ララもー！　ララもー！」

「きゃ！　私もまた釣れたわー！　釣りって楽しいのねぇー！」

ぐっ、いや、まだだ。まだチャンスはある。


「タクミ様、そろそろ帰る時間です」

「……うん、みんな楽しめたかな」

「はい、随分と楽しんだようですよ」

「は、ははっ、それはよかった……」

お昼ご飯のお弁当をみんなで食べて少し休憩して、釣りを再開したんだけど、午後からもたくさん釣れたみたいだね。

僕のズボンがクイクイと引っ張られる。

下を見ると、ララが魚を一匹手に持っていた。

「はい。タクミお兄ちゃんにあげるニャ」

「あ、ありがとう。ララ」

「クフフフッ、ララいっぱい釣れたからあげるの」

ララの気遣いが痛い。

そう、僕だけ何故かボウズだった。

まあ、釣り自体は楽しめたから来てよかったかな。

みんなが釣った大量の魚をアイテムボックスに収納して、子供達の家を回って各お家の冷蔵庫に魚を保存しておく。

ワッパとサラ、コレットとシロナは親がおらず、それぞれ個室はあるが孤児院のように共同生活なので、そこの大型冷蔵庫に魚を入れておいた。

子供達の家を回り終えて屋敷に戻ると、リビングでソファーに沈み込むように座る。

メイドが淹れたお茶を飲んでいると、エリザベス様がシャルロットに興奮した様子でたくさん釣れた話をしている声が聞こえる。

次こそは僕も大物を釣ってやる。

◇

みんなで釣りに出掛けた翌日。

実は、ソフィアやマーニもかなりの数の魚を釣っていた。それに加えエリザベス様が釣った分もあるので、今日は魚料理を色々と作ろうという事になった。

マリア、メリーベル、マーベルとキッチンに向かう。

「何を作るのですか？」

「シンプルに塩焼きとカルパッチョ、それとアクアパッツァにしようかと思っているんだ」

「アクアパッツァですか？」

「うん、まあ、たぶん出来ると思うから。とりあえず作ってみようか」

ちょっと変わった料理を提案してみた。本当は醤油もある事だし刺身にしたい気もするけど、カルパッチョやアクアパッツァには合わないからね。

マリアとメリーベル、マーベルに魚の塩焼きとカルパッチョを任せる。僕はアクアパッツァに取りかかろう。

魚に塩と胡椒を振り、下味を付ける。

それから、フライパンにオリーブオイルと魚を入れて、両面に焼き色を付けた。

そのフライパンの端でニンニクとアンチョビを炒め、ケーパー、オリーブ、ドライトマトを入れる。

続いてアサリとムール貝を入れ、白ワインを入れ、アルコールを飛ばしながら貝が開くまで待ち、香草を入れて水を加える。

あとは十五分ほど魚を焦がさないように煮込めば、だいたい完成だ。

何とかそれっぽいのが出来たと思う。

「……うん、いい味が出てる」

「お水とワインで美味しくなるのですね」

「魚や貝類から、いい出汁が出るからね」

さらに言えば、魚の旨味成分イノシン酸とドライトマトの旨味成分グルタミン酸の相乗効果で美味しくなるって、何かのテレビでやってた気がする。

「そうだ。魚のフライも作ろうか」

「揚げ物ですね。大量の油を使うなんて、このお屋敷に来るまで考えられなかった調理法です」

「でも美味しいでしょ」

「はい。食べすぎると太りそうですけどね」

魔導具の冷蔵庫から白身の魚を出してもらい、適当な大きさに切り分ける。それから塩胡椒をして、粉を振って卵を付け、パン粉をまとわせて揚げていく。

揚げるのをマリアに任せ、僕はタルタルソースを作る。

マヨネーズは冷蔵庫にも、僕のアイテムボックスの中にもストックしてあるから、茹で卵をマーニにお願いして、僕は玉ねぎとキュウリのピクルスをみじん切りにしていく。

茹で上がった卵を粗くみじん切りにして、玉ねぎとキュウリをみじん切りした物と合わせ、マヨネーズと塩胡椒とレモン汁、少しの砂糖を加えて混ぜ合わせる。

完成したタルタルソースを、マリアやマーニと味見する。

「うっ……」

「どうかした？　何か変だった？」

「美味しいです！」

「びっくりするじゃないか、マリア」

「だって凄く美味しかったんですもん！　マーニさんもそう思うでしょ！」

「はい。集落にいては味わう事のなかった味です」

大げさなリアクションのマリアに、何事かと心配したけど、美味しいのなら問題ない。

マヨネーズは普通に使っていたけど、ひと手間かけてタルタルソースを作ったのは初めてだったからね。気に入ってもらえたなら僕も嬉しい。

タルタルソースの味見をしていたら、海老フライが食べたくなってきた。牡蠣フライもいいな。海老は色んな種類が聖域でも流通しているけど、牡蠣は見た事ない。この世界にはないのかな？

「タルタルソースの味見をしたら海老フライが食べたくなったから、海老を買ってくるよ」

「海老フライ……いい響きですね。きっと美味しいに違いありません」

「タクミ様なら転移で一瞬ですものね。たくさん買ってきてください」

「了解」

マリアとマーニに背中を押され、人魚族のお魚屋さんへと転移する。

「あ、タクミさん、いらっしゃい。タクミさんが来るのは久しぶりね。最近はメイドさんばかりだったから」

「こんにちは。今日は急いでいるからね。この海老を……五十尾でいいかな。ください」

「ちょっと待ってね。すぐに包むから」

人魚族のお姉さんから海老を買うと、急いで転移してキッチンに戻る。

「ただいま」

「「お帰りなさい」」

早速、みんなに手伝ってもらって海老の殻(から)を剥いていき、背ワタを取り除き、尻尾の先を斜めにカットし、尻尾の中の水分を包丁でしごき出して油跳ねを防ぐ。

あとは塩で揉んで、片栗粉をまぶしてさらに揉む。水で洗って水気を切って、お腹側に何ヶ所か切り目を入れて、押しつけて筋(すじ)を伸ばしておく。

これで真っ直ぐな海老フライに揚がるかな。

そこからは白身魚のフライと同じように、衣を付けて揚げていく。

「よし！　完成！」

「では、旦那様と奥様はダイニングでお待ちください」

「あとは頼んだよ」

配膳をメイド達に任せてダイニングに行くと、もうみんな席について待っていた。

魚づくしの夕食はみんなに大好評だった。

中でも一番食べたのは、釣りに来てなかったカエデだった。

「マスター、カエデもお魚釣りたい！」

「うん。じゃあまた今度一緒に行こうな」

明日行こうとか言われると困るからね。

19　タクミ、また叱られる

魚づくしの夕食を食べて大満足だった次の日。

朝食を食べ終えた僕達は、リビングでまったりと過ごしていた。すると、ボルトンの屋敷にいるはずのセバスチャンが、地下の転移ゲートから一階へと上がってきた。

その時点でもの凄く嫌な予感がしていたんだけど、セバスチャンは迷う事なく僕の所へ真っ直ぐ歩いてくる。

「旦那様、ボルトン辺境伯から召喚状を預かっています」

「うっ！」

……受け取りたくない。

だいたいの内容は想像出来る。

ボウリング、リバーシ、麻雀、トランプ、ジェンガ、すごろく、卓球、ビリヤード……すべてパペックさんにバレてしまっているのだから。ああ、すごろくはロックフォード伯爵の商会だったな。それに遊びじゃないけど、ソロバンとミシンもあった。

とはいえ、一度にすべての遊びを売り出してしまうのは悪手なので、パペックさんはタイミングを慎重に見計らっているんだとか。

まあ、今回の娯楽作りは我ながら自重せずにやりすぎた感はある。でも、喚(よ)び出すような事かな？　ボルトン辺境伯が、他の領地貴族から嫌味でも言われたのかな？

何せ、僕の屋敷がボルトンにある都合上、当然ボルトン辺境伯領の税収は増える。妬み嫉(そね)みの対象になる。しかも、僕に接触しようにもボルトン辺境伯がガードしてくれているしね。

ひょっとして別件という事も考えられるかな。桜のシーズンは終わったけど、王家とボルトン辺境伯、ロックフォード伯爵だけに桜の木を渡したからな。

あれ？　僕って結構恨まれている？

ボルトンに転移して、セバスチャンと馬車で辺境伯の城に向かう。お供は護衛のソフィアだ。

家宰のセルヴスさんに案内されて指定の部屋に招き入れられると、眉間(みけん)に皺(しわ)を寄せたボルトン辺境伯がいた。

「お待たせしたようで、申し訳ありません」

「まあ、まずは座ってくれ」

ボルトン辺境伯に促されて座り、何を言われるのかと内心ビクビクしていると、彼の口から出たのは、僕の予想とは違った事だった。

「イルマ殿」

「は、はい」

「イルマ殿の屋敷で働くメイドや執事が、ボルトンの街で乗っている、じてんしゃとかいった乗り物についてだが……」

ああ、自転車だったか。

「何かありましたか？」

「ここ数日で、そのじてんしゃを盗もうとしたり、強奪しようとする者が複数いてな。じてんしゃには結界の魔導具が付いていたようで実害はなかったのだが、あの手の物を世に出す時は一言欲しかったぞ」

「も、申し訳ありません」

メイドから聞いてなかったけど、盗難や強盗未遂に遭ってたみたいだね。メイド達にはアクセサリー型の魔導具を渡しているから大丈夫だけど……

ここのところ景気のいいボルトンには、人の流入も増え、そのせいなのか治安の悪化が問題になっているらしい。

元々荒くれ者の冒険者が多いボルトンがこれまで治安を維持していたのは、辺境伯領の騎士や兵士達、冒険者ギルドのおかげ。そんな街に、新たな犯罪の呼び水を作るのはやめてくれと、ボルトン辺境伯から懇願されてしまった。

「早く売り出してくれ。イルマ殿の使用人しか持っていない現状をどうにかしてほしいのだ」

「は、ははっ。パペックさんには急ぐように言っておきます」

「うむ。それで、ボルトンの街でも注意しておく事はないか？」

「そうですね。自転車置き場を市場に造ってもらえると、ありがたいと思います。あっ、あと、完成間近のボウリング場にも、馬車置き場と一緒に自転車置き場があった方がいいかもしれません」

自転車は自転車置き場に、というルールは最初にキチンと決めておかないと、あとあと社会問題になりそうだからね。

「ふむ、なるほど、馬のいない馬車と考えればいいのか。わかった、その方向で早速指示を出しておこう。イルマ殿のおかげで街の予算は潤沢(じゅんたく)だからな」

「お願いします」

メイド達が乗る自転車がミスリル合金製なんて知られると怒られるだろうな。

自転車の盗難対策もパペックさんと相談しないとね。ボルトンの街の警備兵に余計な仕事を増やすとまた叱られそうだし。

ボルトン辺境伯の話が終わった頃、家宰のセルヴスさんが声をかけてきた。

「パペック商会が建設しているボウリング場なる物について、各方面から問い合わせが殺到していまして……」

「申し訳ありません。僕に出来る事なら協力させてもらいますので」

「おお！　それはありがたい！」

ボウリング自体が何なのか、わからない状態でも注目を集めているらしい。とはいえ、ボウリング場はかなり大きな施設だから、他の街に建てるのは難しいんじゃないかな。ボルトンの街だって拡張してなければ、建てるスペースの確保は難しかっただろう。

まあ、それだけ大きな建物を建てれば、近隣の貴族やパペック商会をライバル視する商会が注目しないわけもなく、それでセルヴスさんは色々と神経をすり減らしていたらしい。

僕が協力を申し出た事で、セルヴスさんが急に元気になってお願いしてくる。

「助かりました。自転車の普及に先立ち、インフラの整備をしておきたかったのです。ああ、もちろん報酬はお支払いいたします。時間の短縮に比べれば、何ほどのものでもありませんから」

「はぁ……」

つまり、僕は人間重機として活用されるらしい。

ボルトンでは未開地方向に街を拡張した事もあり、職人不足なのだとか。

そこで、僕が原因なのだから、手伝ってね、報酬も払うからいいよね、という事のようだ。

◇

「この地図をご覧ください。この市場のこの空き地に一つ、こちらの商業区画のこの空き店舗を解体して一つ、そして最後にボウリング場の馬車置き場の隣に大きめの物を一つお願い出来ますか」

「……わかりました」

セバスチャンには屋敷に戻ってもらい、僕とソフィアは、セルヴスさんに馬車の中で、これから向かう場所の説明を受けていた。

三ヶ所だけならすぐに終わるかな。


「ここでございます」

「……草がボウボウですね」

一ヶ所めの市場に着いたんだけど、空き地は本当にただの空き地だったので、整地からする必要があった。

土属性魔法で地面を一旦掘り起こして雑草を埋め、そのあと平らに整地する。

「ふぅ、地面は土のままじゃダメだな」

地面に再び魔力を流し込み、アスファルト並みに硬化しておく。

「こんなもので大丈夫かな」

あとは自転車を置いて、鍵をかけられる物を作ればいいだろう。駅や大型スーパーにあった自転車置き場と同じような感じだ。

アイテムボックスから鉄のインゴットを取り出す。鍵は簡単に錆びると困るので、クロムやニッケルも混ぜよう。そして自転車にも使った塗料も。

敷地に並ぶ自転車を置く装置を強くイメージ、本体は鋼鉄製に塗装し、鍵はステンレス製に……

「錬成！」

魔力が素材を包み込み、敷地一面に広がっていく。あっという間に、整然と並ぶ自転車置き場が完成した。

「おお！　これが自転車とやらを置く機械ですか」

「一応説明しておきます。ここに自転車っと……実際に見た方が早いかな」

僕はアイテムボックスから自分用に作ったクロスバイクを取り出し、実際に自転車を停める手順をセルヴスさんに見せる。

「前輪をここにはめ込むようにすると、スタンドなしでも倒れません。次にここの鍵を閉めます。すると鍵が錠前から抜けますから、あとは鍵をなくさないように徹底してもらえば大丈夫だと思います。一応、マスターキーはセルヴスさんに渡しておきますね」

「なるほど、鍵の紛失には気をつけなければなりませんが、盗難防止には有効ですね。それに兵士の巡回コースを調整すれば大丈夫でしょう」

セルヴスさんにも満足してもらえたようだ。

「では、次は商業区画に参りましょう」

「はい」


次の商業区画は、潰れた空き店舗の解体から始める必要があった。

僕とソフィアなら物理的に壊し尽くすのに一分も必要ないが、周りの店舗に被害が出てはまずいので、錬金術で分解していく。

分解したあと、建物に使われていた石材や木材をまとめてから収納、地面の整地と硬化を施して、一ケ所めの市場と同じような自転車置き場を錬成した。

「お疲れ様です、イルマ様。次は最後になりますが、大型施設ですので、少し大きな物をお願いします」

「……はい」


最後に馬車が着いたのは、未開地方向に拡張された土地にほぼ完成した大きな建物、ボウリング場だった。

「こちらが馬車置き場になります。ですので、あの辺りのスペースにお願い出来ますか」

「……わかりました」

馬車置き場は綺麗に整地されていたんだけど、セルヴスさんの指が示す先には荒れた土地が広がっていた。

「頑張ってください」

「うん。大丈夫だよ、ソフィア」

ソフィアに励まされ、地面の整地と硬化を一気にしてしまう。続けて自転車置き場を錬成すると、ニコニコと手を叩いて拍手しながらセルヴスさんが近づいてきた。

「流石イルマ様でございます。お屋敷までお送りいたしますので、どうぞ馬車にお乗りください。報酬は後ほどお持ちしますので」

「……はい、わかりました」

これは僕がしないとダメだったのか？　なんて今さら考えてしまう。

◇

ボルトンから聖域に戻った僕を待っていたのは、大量の自転車部品の発注処理だった。

「パペック商会が確保している錬金術師が少ないので、当面は部品を売ってくださいとの事です」

「……だよねー」

ジーヴルに手渡された紙には、必要な部品の種類と量が記されていた。

「錬金術師なら一度で錬成すればいいだけなのにね」

「タクミ様、世間一般の錬金術師はそんな事しないでありますよ」

「そうなんだよな。構造を理解してイメージすればいいだけなのに。錬金術師といえば素材の合成程度しかしないよね」

「レーヴァは普通の錬金術師を知らないでありますから、何とも言えないでありますが、そういうものだと思うしかないでありますよ」

パペック商会が雇い入れている錬金術師は、自転車の部品の中でもボールベアリングが再現出来ない。ベアリングは当然の事ながら、僅（わず）かな誤差で機能しなくなる。そのイメージを持てないこの世界の錬金術師には難しいのだ。

「この発注書を見るに、ハンドルとフレームにサドルにペダル、あとブレーキは、パペック商会の錬金術師でも何とか作れるみたいだね」

「で、ありますな。では、レーヴァとタクミ様は、ギアとハブベアリングを含めたタイヤ全般を作ればいいのでありますな」

「チェーンもね」

自転車一台くらい一度に錬成しろよと言いたいね。最初にイメージを固めるために、部品に分けて錬成する必要はあっても、その後は錬成出来ると思うんだけどな。

「じゃあ、僕が前後輪を錬成するから、レーヴァはチェーンをお願い」

「了解であります」

それから僕とレーヴァはひたすら自転車の部品作りに没頭する。

何せ発注された数が多い。パペックさんは、大きな街向けに一斉に販売するつもりらしい。

売り出す自転車のタイプは、ママチャリタイプをメインにするようだ。ターゲットを女性に絞っているわけじゃなく、クロスバイクやマウンテンバイクより乗りやすいと判断したとの事。

「タクミ様、これは久しぶりに、マナポーションでお腹チャポチャポコースでありますな」

「本当だな。僕も物作りの時にマナポーションを飲むのは久しぶりだよ」

僕は魔物素材のチューブレスタイヤと、ハブ、スポーク、リムを一度に錬成する。前後輪をワンセットで、一度に十セット単位でやった。

レーヴァもチェーンを複数本一度に錬成している。

日本と比べると、バーキラ王国は、その面積の割に人口はそれほど多くない。

それは魔物という存在と戦いながら生存圏を広げてきたから仕方ないんだけど、そんなわけで王都やボルトンのような大きくて安全な街に人が集中する事になる。

で、何が言いたいかというと、ボルトン街用といえど、もの凄い量の部品を作らないとダメだという事。

「そういえば、パペック商会は子供用の自転車は作らないのでありますか？」

「じゃじゃあぁ～ん」

もう一枚の発注書を取り出して、レーヴァに見せる。

もちろん、子供用の自転車の部品も発注を受けていた。他にも少数だけど、クロスバイクやマウンテンバイクの部品も受けている。これは少数を受注生産するとの事。

「うひゃ……こ、これは、大変そうでありますな」

「だろう。僕もビックリだよ。パペックさん気合い入れすぎな気がするよ」

パペックさんは、単価を抑えて販売すると言っていたが、それでも高価なのは間違いない。しかも貴族や豪商向けには、フレームの素材を変えた物を高級品として販売すると聞いてる。

それはもう、もの凄い笑顔で話してくれた。

パペックさん的には、大儲け間違いないんだろう。

僕とレーヴァは、パペックさんの高笑いの幻聴を聞きながら、ひたすら自転車の部品を錬成していった。

追加生産に応えるかどうかは、その時になったら考えよう。

20　訪問者は高位貴族

ヘロヘロになりながら自転車の部品を納品した僕とレーヴァ。

やっとゆっくり出来ると思っていると、地下の転移ゲートが設置された部屋からセバスチャンが一階に上がってきた。

それだけで嫌な予感がするのは、間違っているだろうか。

「旦那様、ポートフォート卿からお手紙をいただいています」

「えっと、サイモン様から？」

サイモン・フォン・ポートフォート様というのは、バーキラ王国の宰相様なのだから、今さらだけど、僕からしたらお偉い様中のお偉い様なんだよな。

手渡された手紙を、怖々開いて見る。

「……視察？　聖域を？　前に一度来たよね」

「どうやらパッカード子爵が王都に戻って、聖域に滞在した事を自慢したようで……」

パッカード子爵は、シャルロットの祖父でエリザベス様のお父さん。一度、聖域に親子で招待したんだけど……ちなみにエリザベス様は未だに帰っていない。

「なに？　話を聞いた貴族からクレーム？」

「いえ、それはポートフォート卿や陛下が抑えていますから」

パッカード子爵の自慢を聞いて、聖域に招待されていない貴族からのクレームを受けて、サイモン様が動いたのかと思ったけど、違ったようだ。

「えっと、なになに……これって、遊びに来るって事なのかな？」

「……おそらく」

サイモン様からの手紙には、屋敷の遊戯室の事から、ボウリング場の事まで書かれてあった。

「視察？　視察なんだろうね」

「一応、視察で間違いないと思います」

「どれどれぇ」

「あっ、アカネ！」

どこから現れたのか、アカネが僕が持っていた手紙をひったくる。

「ふ〜ん、本当に遊びたいみたいね。ボウリング場なんて王都じゃ無理だものね」

「いや、それがそうでもないんだ」

「あれ？　王都は土地が足りなくて困ってるくらいだったでしょ？」

「まあ、基本的にはその認識で間違いないんだけど、高位貴族の屋敷の中は別だろ」

「ああ、バカみたいに広い敷地だったわね。なるほど、気に入ったら個人的にボウリングのレーンくらい発注するのが貴族よね」

「たぶん、陛下からも見てくるように言われてそうだよね。王城だったらスペースくらいいくらでもありそうだし」

もう少しでボルトンのボウリング場がオープンするんだけど、聖域に来るっていうのは、他にも色々と見たいんだろうな。

僕がげんなりしていると、ソフィアが提案してくる。

「タクミ様、宿泊施設に遊戯室を設置した方がいいのではないですか？」

「ソフィアもそう思う？　実は僕もそう思っていたんだ。ボウリング場も聖域の住民と宿泊客と分けた方がいいだろうしね」

そこで、セバスチャンがまだ手紙を持っている事に気がついた。

「あれ？　サイモン様以外にもあったの？」

「はい。ボルトン辺境伯からと、ロックフォード伯爵、そしてパッカード子爵からでございます」

黙って受け取り、中身を確認する。

予想通り、聖域を訪れるのでよろしくという事だった。

「えーと、ロックフォード伯爵のところは家族で来るって、大丈夫なんだろうか？　ボルトン辺境伯はセルヴスさんと護衛で、パッカード子爵はこの間帰ったと思ったんだけど……」

「お迎えする準備が必要ですな」

「予算は上限を考えなくてもいいから、足りない物はボルトンで揃えてくれるかな。もし王都や他の場所で調達する物があったら、僕が動くから」

「かしこまりました。食材や調味料、お酒などは聖域産の物で間に合うと思いますが、食器や小物類、煙草（たばこ）などをボルトンで揃えておきます」

「頼むよ。レーヴァ、宿泊施設に遊戯室を設置するよ。ボウリング場は別棟にしよう」

「了解であります」

いくらサイモン様やボルトン辺境伯達でも、僕の屋敷に招くのは勘弁してもらいたい。せっかくのリラックス出来る空間なのに、偉い人達がいるとそれだけで緊張するからね。

といっても、もう偉い人達もこの屋敷に入り浸りなんだよな。最近、ほとんど毎日うちの屋敷で過ごしているエリザベス様や、王女ながらお隣さんで顔を合わせる機会の多いミーミル王女もいるし。

まあ、二人は気安い人柄な事もあって、普通に接してストレスになる事もないけどね。

聖域の入り口である門をくぐった場所に造られた、外からの訪問者が滞在するための宿泊施設。

建てたきっかけは、僕達の結婚式に招いたお客さんのためだったけど、今ではパペック商会などの付き合いのある商会や、ボルトン辺境伯、ロックフォード伯爵の関係者、バーキラ王国やロマリア王国、ユグル王国関係者などが宿泊する施設となっている。

その一画に、ボウリング場の建物を錬成する。

土属性魔法で整地した場所に、石材、木材、金属やガラスの材料を取り出し、積み上げていく。

「よし、じゃあ建物は僕が担当するね。錬成！」

魔力がどんどん出ていき、積み上げた資材を魔力の光が包み、次の瞬間大きな建物が出来上がる。

「タクミ様、マナポーションをどうぞ」

「ふぅ、ありがとう、ソフィア」

ソフィアが差し出したマナポーションを飲み干し、建物の中を造り込んでいく。

ボウリングのボールやピンといった備品は、アイテムボックスに入れてあった物を設置する。

レーヴァがレーンを錬成している間に、僕はテーブルや椅子、照明の魔導具などを置いていった。

トイレや休憩所など、細々とした部分を造り終えたのは、日もとっぷりと暮れたあとだった。

◇

ボウリング場を建てた次の日、宿泊施設の中を改造して遊戯室を設置した。

遊戯室には、ビリヤード台にダーツボード、卓球台に麻雀台、トランプを楽しむためのテーブルを設置し、お酒が飲めるようバーカウンターも用意してみた。

バーカウンターを設置すると、どこから聞きつけたのか不思議なんだけど、ドガンボさんとゴランさんのドワーフの親方コンビが姿を見せた。

「タクミ、これは酒を提供する場所か？」

「うん、遊びの途中や休憩の時に楽しんでもらえればと思ってね」

「タクミ、これは金属製の水筒か？　変わった形じゃが」

「それはシェイカーだよ」

ゴランさんがシェイカーに興味を持ったので、カクテル用に用意した物だと説明すると、案の定食いついてきた。

「なるほど、果汁や酒をこれでブレンドするのか！　これは盲点じゃった！　なあ、ドガンボ！」

「おう、ゴランの兄貴！　儂らドワーフが知らぬ酒の飲み方があるとは！」

「タクミ！　そのカクテルっちゅうヤツを儂らに教えてくれ！」

「わ、わかったから。近い、近いよ、ゴランさん」

暑苦しい髭（ひげ）もじゃの親父二人に詰め寄られたけど、勘弁してほしいよ。

仕方ないので、お酒が得意じゃない僕でも知識として知っていたカクテルを、数種類教えてみた。

聖域で造るお酒の種類は、ドワーフ達の熱意もあって、ワインやウイスキーだけじゃなく、ウォッカ、ジン、ビールなど豊富だ。カクテルをやるとしても色々試せるだろう。

僕がゴランさん達に教えたのは、次のカクテルだ。

・スクリュードライバー　　ウォッカ　＋　オレンジジュース
・ジンバック　　ドライジン　＋　ジンジャーエール　＋　レモンジュース
・ソルティドッグ　　ウォッカ　＋　グレープフルーツジュース　＋　食塩
・ミモザ　　シャンパン　＋　オレンジジュース
・モヒート　　ラム　＋　ライム　＋　ソーダ　＋　砂糖　＋　ミントの葉
・スプリッツァー　　白ワイン　＋　ソーダ
・レッドアイ　　ビール　＋　トマトジュース
・ダイキリ　　ラム　＋　ライムジュース　＋　砂糖

「それぞれ名前の由来はあるのか？」

「さぁ、そこまでは知らないよ」

僕がぶっきらぼうに返答しても、ゴランさんのテンションは高いままだ。

「まあええ。ドガンボ、ライムやオレンジ、グレープフルーツを調達するぞ」

「おう！　他にも色々と使えそうな物を集めよう、ゴランの兄貴！」

「そうじゃな。ドワーフオリジナルのカクテルがないなど、酒とともにある儂らの矜持が許さん」

そう言うと、ゴランさんとドガンボさんは遊戯室を出ていってしまった。

「このバーカウンター……ドワーフがバーテンダーになりそうだな」

「ここは任せるであります」

「そうだね」

僕とレーヴァは遊戯室のチェックを済ませたあと、屋敷に戻る事にした。レーヴァの言う通り、バーはドワーフに任せよう。

◇

準備を整えて数日、最初に聖域を訪れたのはボルトン辺境伯一行だった。これは距離的に考えれば当たり前か。

「イルマ殿、しばらく世話になるぞ」

「ごゆっくり滞在してください」

「うむ、このために仕事を前倒しして頑張ったからな。ハッハッハッ」

「旦那様は頑張られていましたからね」

ボルトン辺境伯もセルヴスさんも仕事モードじゃない。遊ぶ気まんまんだよ。

ボルトン辺境伯はチェックインしたあと、早速遊戯室やボウリング場を見たいらしく、宿泊施設で働く聖域の住民に案内を頼んでいた。

今回、僕達の接待は必要ないと言われている。好きに遊ばせろという事らしい。

いや、視察だよな。

次に訪れたのは、僕の予想に反し、王都に住むパッカード子爵だった。

地理的にロックフォード伯爵の方が早いと思ってたけど、娘と孫に会いたいから早く来たのかな。

つい先日まで滞在していたのに、またしばらく世話になると言っていた。仕事は大丈夫なんだろうか。

そしてその次の日、ロックフォード伯爵一行が到着した。

「ハッハッハッ、イルマ殿、しばらく世話になるぞ！」

「ようこそ、ロックフォード伯爵」

「イルマさん、お屋敷にも招待してくださいね」

「は、はい、ぜひ」

「私もタクミさんのお屋敷に行きたい！」

「は、ははっ、エミリアちゃんもロッド君も、時間があれば来てくださいね」

「母と妹がすみません」

パワフルなローズ夫人と元気なエミリアちゃん、それからそんな二人のせいか、苦労人気質になってしまったロッド君。頑張れ、ロッド君。

そして翌日、最後に王都からサイモン様が訪れた。

「イルマ殿、出迎えご苦労。しばらく世話になるぞ」

「ごゆっくりと言いたいところですが、大丈夫なんですか、お仕事は？」

「ハッハッハッ、問題ないぞ。長期の休暇を取るために、ここ数日は寝る間も惜しんで働いたからな」

「は、ははっ、なら大丈夫ですね」

視察だよね。サイモン様、休暇って言っちゃってるし、何だか家族も連れてきているみたいだし。聞いたところによると、ボルトン辺境伯やロックフォード伯爵、サイモン様の三人は一応ボウリング場の視察が目的らしい。

休暇がメインじゃないぞと念を押されたからね。

◇

ボルトン辺境伯、ロックフォード伯爵、サイモン宰相、パッカード子爵が聖域に揃った次の日。

僕の屋敷では、ローズ夫人とエミリアちゃんがエリザベス様と楽しくお茶を飲んでいた。

「あぁ、このお茶凄く美味しいですわね」

「ええ。流石、聖域産の茶葉ですわね」

「このクッキーも美味しいですぅ～」

ローズ夫人とエリザベス様は王都のパーティーで顔見知りだったようで、話に花が咲いている。

エミリアちゃんはクッキーを嬉しそうに食べていた。

ロッド君は女の中に男が一人というのは避けたいみたいで、宿泊施設の遊戯室でロックフォード伯爵やボルトン辺境伯といるらしい。

僕はメイドのマーベルに告げる。

「マーベル、エリザベス様やローズ夫人をお願いしてもいいかな。少し宿泊施設の方を見てくるよ。案内や接待は不要と言われても、サイモン様やボルトン辺境伯達を放っておくのはちょっとね」

「かしこまりました」

「お供しましょうか？」

「いや、ソフィアもゆっくりしてよ。宿泊施設に行くだけだから一人で大丈夫だよ」

聖域なので護衛はいらないんだけど、それでも律儀についてこようとするソフィアに休んでもらい、僕は宿泊施設の様子を見に出かける。

転移で行けば一瞬なんだけど、急ぐ必要もないしマイ自転車で行く事にした。

自転車に乗り、聖域の風を感じながら走るのは気持ちがいい。

聖域の住民達は、実用的な移動手段として自転車を使っているが、僕みたいに乗る事自体を楽しむ人も増えてきた。

今は季節としては初夏に当たるんだろうけど、聖域の気候は暑くてもムシムシしていないから過ごしやすい。そんな暖かな日差しの中、気持ちいい風を受けながら自転車を走らせる事少し、宿泊施設の自転車置き場に到着した。

自転車を置いて鍵をかけ、宿泊施設に入る。そして、サイモン様やボルトン辺境伯達がどこにいるか聞いてみる。

「ごめん、少しいいかな」

「タクミさん、ポートフォート卿やボルトン辺境伯、ロックフォード伯爵とパッカード子爵は、皆様、遊戯室で楽しまれていますよ」

「ありがとう。ちょっと見に行ってみるよ」

僕が顔を見せると、宿泊施設のフロントで働く聖域の住民が、何を聞きたいのかわかっていたのか、サイモン様達の居場所を教えてくれた。

僕はフロントの人にお礼を言ってから、そのまま遊戯室へと向かう。

遊戯室では、護衛の騎士達がビリヤードや卓球、ダーツ、トランプで楽しんでいるのが確認出来た。

バーカウンターでは、セルヴスさんがドガンボさんとお酒を飲みながら何やら楽しそうに話し込んでいる。他にも何人かいて、ゴランさんの作るカクテルを楽しんでいるようだ。バーカウンターを設置したのは正解だったかな。

肝心のサイモン様やボルトン辺境伯達の姿を捜すと――

何とサイモン様、ボルトン辺境伯、ロックフォード伯爵、パッカード子爵で麻雀の卓を囲んでいた。視察はどうしたのかと問い詰めたい気持ちをグッと我慢して、四人の遊ぶ麻雀卓の方へと歩いていく。

何故か緊迫した空気が漂っていた。

「リーチ！」

「クッ……通ってくれ」

「それロンですな」

「ウグッ！」

「リーチ、一発、メンタンピン、オッ、ドラも乗った。ハネましたな」

「クッ、ハコテンだ！　もう半チャンだ！」

パッカード子爵がリーチをかけ、次のボルトン辺境伯が怖々捨てた牌が当たりだったらしい。ハネ満で点棒がすっからかんになったボルトン辺境伯が叫んでいた。

「ふぅ～、助かった。何とか三番手じゃ」

「ハッハハッ、私も今度はトップを狙いますよ」

サイモン様が三番手で、ロックフォード伯爵が二番だったみたいだ。

ようやく僕が近づいてきたのに気がついたサイモン様が、声をかけてくる。

「おお、イルマ殿。この麻雀という遊びは面白いな。ぜひとも持ち帰りたいのだが」

「おお、それなら儂もワンセット欲しい」

「イルマ殿、私にもワンセットもらえないかな」

「もちろん、俺もだ！」

「お帰りの際に、フロントで渡せるようにしておきます」

挨拶も抜きに、サイモン様からの話は麻雀牌が欲しいという事だった。すかさずパッカード子爵、ロックフォード伯爵、ボルトン辺境伯も欲しいと追随してきた。

サイモン様が真面目な顔で言う。

「では、イルマ殿、申し訳ないが、勝負の途中じゃ。遊戯施設の視察は明日以降で頼む」

パッカード子爵、ロックフォード伯爵も続く。

「儂は視察の予定はないが、エリザベスとシャルロットには、明日に顔を見せると言うてくれ」

「私も視察は明日以降でお願いするよ。ローズやエミリアを頼むね」

皆、明日以降に視察を延期するとの事。一応視察する気持ちはあるんだね。

僕は呆れつつロックフォード伯爵に尋ねる。

「えっと、ロッド君は？」

「ああ、ロッドは護衛の騎士達とボウリングしてるんじゃないかな」

僕が頷きつつ、ボルトン辺境伯の方を見ると――

「負けたままじゃ終われないんだよ」

牌を掻き混ぜながら振り向きもせずそう言われた。


その場を離れ、ボウリング場を覗いてみると、ロッド君と騎士達が楽しんでいるのが見えた。

他にも聖域に来ている商人の姿も見て取れる。

なお、聖域と交易しているのはパペック商会だけじゃない。シェアを考えればパペック商会がかなりの部分を占めているんだけど、バーキラ王国の他の商会やロマリア王国、ユグル王国の商会も来ている。

当然、聖域の門を抜けられるのは、大精霊から許された人達に限られている。

宿泊施設近くに建てられたボウリング場は、二十レーンほどの規模だ。宿泊施設には常時宿泊客はそんなに多くないので、この規模でも大丈夫だと思っていたんだけど……

「満員だな。しかも待ってる人もいるし」

ボウリング場で働いている人に聞いてみると、聖域の住民も利用しているらしい。

どうやら聖域内にあるボウリング場がいつも満員で待ち時間も長いので、こちらのボウリング場に人が流れているのだとか。

住民に自転車が普及した事で、ここまで来るのが楽になったのも原因らしい。

そういえば、ボウリング場に設置した自転車置き場に自転車が結構停まっていたな。

とにかく今日はサイモン様を含め、ボルトン辺境伯達は遊戯室から出てこないだろうから、明日もう一度訪ねよう。

屋敷に戻ると、まだエリザベス様やローズ夫人がお茶を飲みながら会話を楽しんでいた。エミリアちゃんは飽きたのか、カエデやルルちゃんとジェンガをして遊んでいる。

「お帰りなさい。サイモン様達はどうでした？」

「ただいま、ソフィア。サイモン様達は遊戯室で麻雀に夢中だったよ」

「ああ……今日は夜中までですかね」

「……たぶんね」

僕も日本人だった前世、学生の頃は徹夜で麻雀した記憶がある。今の学生達は麻雀なんてしないかもしれないな。

学生時代の僕でもハマった麻雀に、娯楽の少ないこの世界の人がハマらないわけがない。ボルトン辺境伯は負けて熱くなっていたけど、何か賭けてたのかな。

この世界には娯楽が少ないのは事実だが、まったくないかと言われればそうでもない。

実はこの世界……いや、この世界だけじゃないけど、何故かギャンブルはみんな好きなんだよな。

まあ、ギャンブルといっても、ちゃんとしたものじゃなく、誰かが決闘したとすれば、どちらが勝つのか賭けるといった感じだ。決闘によっては、胴元を領主がしている事も珍しくない。

もしかして、トランプや麻雀をこの世界に広めたのはまずかったかな。そういえば、ボウリングでも勝ち負けを賭けている住民もいたな。

ギャンブルにのめり込みそうな人はいなかったから問題ないと思っているけど。

◇

次の日、少しゆっくりめに宿泊施設に行くと、眠そうなサイモン様やボルトン辺境伯達が、レストランで遅い朝食を食べていた。

「おはようございます。昨日は随分と遅くまで遊ばれていたようですね」

「お、おお、イルマ殿か。おはよう。年甲斐もなく恥ずかしながら夢中になってしまった」

「あれはいかんな。面白いだけじゃなく頭も使う」

「ゴドウィンはもう少し洞察力を養わないとダメだな」

「そう言うルードも、俺とそう差はなかったではないか」

「まあまあ、お二方、賭け事は熱くなった方が負けですぞ」

「ぐっ」

サイモン様が少し眠そうに挨拶を返し、ボルトン辺境伯は朝から麻雀の話を始め、ロックフォード伯爵に洞察力を鍛えろと言われて言い合いになった。それをパッカード子爵が諌めるのだけど、その余裕ある態度から昨日はトップだったんだろうな。

「それで、今日はどこから案内しましょうか？」

僕が今日の予定を聞くと、サイモン様だけじゃなく全員が黙り込む。

「えっ？」

「……すまぬ、イルマ殿。儂には立ち向かわねばならぬ闘いがあるのじゃ」

「イルマ殿、男には負けるかもしれぬとわかっていても、勝負せねばならない時があるのだ」

「イルマ殿、申し訳ないね」

「えっ？　というと……」

サイモン様とボルトン辺境伯がおかしな事を言い出した。ロックフォード伯爵も申し訳なさそうに言っているけど、その表情はサイモン様やボルトン辺境伯と変わらない。

「イルマ殿、今日で決着をつけるので、また明日来てくれるか？」

「はぁ、そういう事ですか。わかりました。明日また来ます」

何と、今日もこれから麻雀だそうだ。

この人達、帰らなくなりそうで怖いな。

◇

仕切り直した翌日、僕は宿泊施設に出向いていた。

サイモン様達をボウリング場に案内し、ゲームや道具の説明をした。

その後、遊戯室で麻雀以外のゲームについて説明する。何とこの人達、最初から最後までずっと麻雀しかしていなかったらしい。

そして宿泊施設にある会議室で、サイモン様、ボルトン辺境伯、ロックフォード伯爵の三人と商談を兼ねた話し合いだ。

ちなみに、パッカード子爵は僕の屋敷へ、エリザベス様やシャルロットに会いに行っている。

「ボウリング場に関しては、ボルトンに完成間近だから私の方からは何もない」

「ロックフォード伯爵領ではボウリング場は無理かな。余った土地がないよ。まあ、城にならば造れるだろうけど、僕達だけが遊ぶのもね」

「王都ももちろん、ボウリング場を建てるスペースはないの。じゃが、貴族街の屋敷に個人的に建てる者はいるかもしれぬの。王城には陛下と相談じゃの」

ボルトンにはもうすぐボウリング場が完成するので、ボルトン辺境伯からは何もなかった。ロックフォード伯爵からは、やっぱり土地の問題で無理だと言われ、サイモン様も貴族個人向けに需要があるかもしれないが、王城については陛下と相談して決めるらしい。

「次に卓球と言ったか。あれは道具もシンプルだから、庶民の娯楽にいいかもしれん。ボルトンなら新しく拡張した土地があるから、専用の場所を建てるのも面白い」

「卓球ならそんなに広くない部屋でも出来るからいいかもね。あれは少し試しに売ってみたいな」

「ふむ、王都でも卓球なら庶民を中心に流行るかもしれんな」

卓球は、ボルトン辺境伯、ロックフォード伯爵、サイモン様から、それぞれ好感触を得た。

「ビリヤードとダーツ、あれは酒を飲みながら遊ぶのにいいな」

「うん、そうだね。あれは大人の遊びだ。お酒を出す店で遊べたら楽しいね」

「そうじゃな。あれなら酒場が欲しがるかもしれんな」

ビリヤードとダーツも好感触だ。

「トランプも麻雀に似た面白さがある。ブラックジャックとポーカーか、賭け事用って感じだな」

「子供でも遊べるゲームもあるみたいだけど、大人が賭け事で身を持ち崩しそうだね」

「絵が素晴らしいし、トランプ一つで様々なゲームが遊べるのがいいのう」

ポーカーやブラックジャックみたいなギャンブルから、七並べや大富豪、神経衰弱やババ抜きと子供が喜ぶ遊びまで、トランプ一つで遊べるからね。

「でだ、麻雀なんだがな。これは気軽に楽しめて場所もたいして取らん。これは売れるぞ」

「うん。役や点数が少し複雑だけど、それは覚えればいいだけだしね。純粋に楽しかったよ」

「そうじゃな。麻雀は王都でも売れるじゃろう。庶民用と高級な貴族用と分けても面白いな」

徹夜で麻雀する勢いだったので、三人の食いつきがいいのはわかっている。

僕はここでふと気づく。大事な事を聞くのを忘れていた。

「あの、これっていつものようにパペック商会から売り出したらいいのですか？　一応、麻雀牌とかは既に発注済みなんですが……」

「それなんじゃがな。ボウリングは既にパペック商会が動き出しておる。何やらすごろくという玩具は、ロックフォード伯爵の商会から売り出すとか。そこで、ものは相談なんじゃが、王都にイルマ殿の商会を立ち上げる気はないかの？」

「へっ？　商会ですか？」

サイモン様から思わぬ話が飛び出し、僕はポカンとしてしまう。

「これは、パペックとも話したんじゃがな。パペック商会も手広く商売を広げており、今や王国一、いや大陸一の商会に成長したと言っても過言ではないだろう。じゃがな、少々妬みや嫉みが集まりすぎておるようでの」

「パペック商会の一人勝ち状態に、他の商会、要するに貴族の紐付きの商会からの妨害が出始めているんだ。そこで、発明者のイルマ殿が商会を設立すれば、文句も言えまいというわけでな」

「えっと、いっその事、売り出すのをやめればいいんじゃないですか？」

「「バカな事を言うな！」」

「ひっ！」

もう面倒なのでやめればいいと思ったんだけど、もの凄い剣幕で怒られた。

「王都に店を出して、そこにサンプルとしてビリヤードやダーツ、卓球台を置いてもらおう。トランプや麻雀は必ず売れるだろうから、あらかじめ多めに用意してもらわんとな」

「そうだね。トランプや麻雀は私の領地にもそこそこの量を欲しいからね」

「そうじゃな。店の場所の選定は儂に任しておけ」

ボルトン辺境伯、ロックフォード伯爵、サイモン様が勝手に話を進めている。僕は眉根を寄せつつ尋ねる。

「あ、あの、僕が商会を設立するのは決定なのですか？」

「「「もちろん（じゃ）」」」

「…………」

僕、生産職だったはずなのに……

「心配せんでも大丈夫じゃ。イルマ殿は商品の納品さえしてくれれば、あとの店の運営は誰かに任せればいいのじゃ」

「……また書類仕事が増えるんですけど」

どうやら、商人にジョブチェンジしないとダメらしい。

21　商会設立準備

サイモン様から王都にお店を開くように要請され、その場では前向きに考えると保留させてもらった。

「お店ねぇ……いいんじゃない。どうせ人に任せるんでしょ？」

「私も問題ないと思います。確かにパペック商会だけの一人勝ちでは、パペックさんが狙われかねません」

「そうですね。一つの商会が市場を独占するのは不健全ですね」

アカネはあまり興味はなさそうだけど賛成で、ソフィアやマーニも前からパペック商会だけが儲けすぎるのは危ういと思っていたらしい。

サイモン様に提案されてから、僕はみんなに相談していた。

「タクミ様、パペック商会に卸していないお酒も売れるんじゃないですか？」

「お酒は少し考えるよ。パニックになりそうだし」

マリアがお酒の販売を提案してきたけど、ちょっとヤバいと思う。

聖域で製造されるお酒は、ドワーフとエルフ、それに大精霊であるノームとサラマンダーが手がけている。その品質と味は、大陸に流通する他のお酒とは格段の差がある。それこそ一度聖域産のワインを飲んだら、今まで飲んでいたワインが泥水に感じられるほどだ。

今でもパペック商会から少量出回っているが、王都に僕のお店が出来て、聖域のお酒が買えるとなると、パニックになるのが目に見えている。

「扱う商品は、玩具中心でいいんじゃないの。自転車はもうパペック商会で動き出してるんだし、すごろくはロックフォード伯爵の商会なんでしょ。ビリヤード台なんか大きい物は受注生産になるでしょうけど、他の物はお店に置けるでしょうしね」

「アカネの意見が無難だね。僕達が王都のお店に常駐するわけじゃないから、品数は少なめでいいと思うよ」

「じゃあ、次はお店で働く人と責任者よね」

「それが一番問題だったりするんだけどね」

事務仕事をお願いするシャルロット達三人を雇うのも簡単じゃなかった。

執事のセバスチャンやジーヴル、メイドのメリーベルやマーベル達は、ウィンディーネ達大精霊の手助けもあっていい人材を雇えたと思っているけど、お店一つ任せる人材となると結構難しいんじゃないかと思う。

「一応、パペックさんに相談しようと思っているんだけどね」

「サイモン様が言い出しっぺなんだから、サイモン様にも人を紹介してもらったら？」

「ボルトン辺境伯やロックフォード伯爵にも声をかけてみたらどうですか？」

アカネとマリアは、サイモン様やボルトン辺境伯達に人材を紹介してもらえばいいと言う。

「とりあえず王都のお店予定地を見ない事には始まらないかな」

「そうですね。ですが、サイモン様はいつ帰るのでしょうね」

「は、ははっ。お店の予定地はパペックさんに案内してもらうようにって言われているから、見学は出来るらしいけど……」

サイモン様がお店の場所を用意してくれているんだけど、肝心のサイモン様に帰る様子が見られない。

サイモン様は、魔馬が引く普通の馬車で来ているので、王都に戻るには日にちがかかるのに、帰る素振りも見せないなんて……

最初からパペックさんに丸投げする気まんまんじゃないか。

◇

僕はアカネとソフィアを連れて、王都に転移してきていた。

珍しくアカネがついてきたのは、アカネ自身が商売に興味があったからだ。

日本の女子高生だった頃は、優等生の生徒会長タイプだったアカネだけど、この世界にもだいぶ慣れたからなのか、のびのび自由に振る舞うようになってきた。

中でもアカネはお金儲けが結構好きだったりする。お金自体というより、儲けるプロセスが楽しいのだとか。服飾関係のデザインなんかもその一環らしい。

徒歩で商業区画のパペック商会まで歩く。

「……また大きくなってないか？」

「大きくなってますね」

「どんだけ儲かってるのよ」

元々大きかったパペック商会の建物が、さらに大きくなっている。たぶん、両隣の建物を買って一つに繋げているんだろう。こんなの魔法じゃないと無理な芸当だけど、この世界なら土属性魔法使いを雇えば難しくないからね。

「これで本店はボルトンなんだから、パペック商会も大きくなったんだね」

「大きくなりすぎよ」

僕とアカネが建物の前で話していると、建物の中から、パペックさん本人が迎えに出てくれた。

「タクミ様、わざわざすみません」

「パペックさん自らの出迎えなんて恐縮しちゃいますよ」

「さあさあ、ソフィア様もアカネ様も、中へ入ってください」

パペックさんに案内されて豪華なソファーの置かれた部屋に通される。お茶を出されて一息ついたところで、パペックさんが僕に頭を下げて謝り出した。

「タクミ様、このたびは申し訳ございません」

「えっ、ど、どうしてパペックさんが謝るんですか？」

「いえ、私が他の商会や貴族からの妬みを嫌がったために、タクミ様が商会を設立してお店を開くはめになったのです。すべては私の不徳の致すところです」

「いや、それはパペックさんが謝る事じゃありませんよ。僕もパペックさんに丸投げで頼りきりだったから同罪です」

「その話はいいじゃない。パペックさん、早速だけど、お店の予定地を見せてもらえないかしら」

「はい、もちろん大丈夫です、アカネ様」

アカネが早くお店の予定地を見せてほしいと急かすので、そのままパペックさん自らの案内でお店予定地へと向かう事になった。

場所は同じ商業区画にあるので、徒歩で大丈夫らしい。

「では、ご案内します」

「お願いします」

僕達はパペックさんの先導で、お店まで歩き出した。

どんな物件かな。だんだんワクワクしてきた。不動産を見て回るのって楽しいよね。

パペックさんの案内で到着した場所に、大きすぎる事もなく、かといって決して小さくない綺麗な三階建ての建物があった。

「申し訳ございません。タクミ様が商会を設立されるのですから、もっと立派な建物を用意したかったのですが、何分、新興の商会がいきなり王都に大きなお店を構えると、色々とうるさく言う輩もいますので……」

「いえ、全然問題ありませんよ。元々そんなに手広く商いをするつもりもありませんし、お店が大きければ人を雇うのも大変ですから」

これは僕の本音だった。パペックさん的には、小さな建物って認識かもしれないけど、僕にすれば十分立派だと感じたし、それはソフィアやアカネも同じだと思う。

「そう言っていただけると気も楽になります。では、早速中を案内いたします」

「お願いします」

パペックさんの先導でお店の中に入る。外観も綺麗だったけど、中も良い感じだった。

「十分な広さですね」

「実は裏口が倉庫に繋がっていますので、商品の在庫を収納するのに便利だと思います。二階は事務所、三階は従業員用の寮として使えるようになっています」

「至れり尽くせりですね」

どうやらこの建物の裏に倉庫があり、そこも含めての物件らしい。最初の印象以上に、大きい物件みたいだ。

「ちなみに地下室はありませんか？」

「申し訳ございません。地下室はありませんが、ご自身で造られる分には問題ありませんよ」

地下に転移ゲートを設置するつもりだったので、許可をもらえてよかった。

建物の店舗部分はもちろん、二階の事務所や三階の従業員寮もリフォームされているのだろう。綺麗で清潔感のある内装だった。トイレやお風呂も最新式の魔導具が設置され、井戸も一応あるらしいのだが、水も魔導具から供給される方式だった。

倉庫もキレイに掃除されており、広さも問題ない感じだ。

「倉庫は空間拡張すれば十分だな」

「頻繁に在庫を補充するのは難しいですから、倉庫は広げておいた方がいいでしょうね」

建物の中を一通り見て回ったところ、ソフィアやアカネも気に入ったみたい。もちろん僕も気に入った。

「それで、お店を任せる人材なんですが」

「ああ、それについては私の商会から信頼出来て有能な人材を店長として派遣するつもりなのですが、少々人選に手間取っていまして、もう少し時間をいただければ……」

「もちろん時間は構いませんが、もしかしてうちに来るのが嫌がられるんですかね……店長のなり手がいないんですか？」

大陸でも有数の商会に成長したパペック商会で働く人が、僕達が仕方なく設立した商会のお店の店長なんてしたくないよね。

そう思ってパペックさんに聞いたんだけど、少し違ったようだ。

「いえいえ。逆ですよ、タクミ様。我がパペック商会躍進の原動力となった、数々の商品を生み出したタクミ様の商会です。失敗する方が難しいと、やりたいと手を挙げる者が多すぎまして、なかなか一人に絞るのが難しいのですよ」

「考えてみれば当たり前よね。タクミの魔導具にしろ、聖域のワインや産物にしろ、他ではない物ばかりだものね」

「そうでございます、アカネ様。もちろんアカネ様のおかげで服飾方面も好調です」

「王都のファッションリーダーってところね」

浄化の魔導具は一通り普及したので、爆発的に売れる事はなくなったが、それでも一定数はコンスタントに売れている。貴族や豪商向けの馬車は受注生産だけど利が凄い。ポーション類は、パペック商会と冒険者ギルドに定期的に卸している。

何か物を作るたびに、売れなかった事がないのは幸運だったのかな。そんな事をツラツラと考えていると――

ソフィアの様子がおかしい。

「うっ」

「どうしたソフィア！」

ソフィアは口に手を当てトイレに走っていった。

「おお！」

「ど、どうしたんですか、パペックさん！」

パペックさんが手をパンッと叩いて、ニッコリとしている。

僕は訳がわからず、ソフィアが心配で、パペックさんに救いを求めるように見ると、パペックさんから「まだわかりませんか？」というような顔をされた。

「おそらく、おめでたでございますよ」

「……えっと、おめでた？」

パンッ！

「赤ちゃんが出来たのよ！　しっかりしなさいよ！　あんた、父親になるんでしょ！」

「へっ!?　父親！　うぉーーーーー!!」

アカネに背中を叩かれ、正気に戻る。

別におかしな事じゃないよね。だって、夫婦なんだから。それも自然の流れだと思う。

パペックさんに、お店を任せる人材については少し時間がかかると言われ、今日のところは解散となった。

ソフィアとアカネを連れて、聖域へと転移して戻る。ソフィアは安静にしないとダメだからね。

だけど僕は、聖域でさらに驚かされるハメになる。

22 慶事

ソフィアとアカネを連れて聖域の屋敷に戻り、マリアやマーニ、レーヴァやルルちゃん、そしてカエデにも報告する僕をさらなる驚きが待っていた。

「大変！　大変だよ！」

「どうしたんですか、タクミ様」

「ソフィアが妊娠したんだ！」

「えっ、私もですよ」

「へっ!?」

「ちなみにマーニもです」

「はい。大精霊様にも確認していただいたので間違いないですね」

「………………」

三人一度にだと……

「うわぁー！　ソフィアさんもおめでたなのニャ！」

「タクミ、戻ってきなさい！」

パンッ！

ルルちゃんが跳ねて喜んでいる。僕はアカネに叩かれ、何とか正気に戻った。

「三人一度に結婚しているんだから、一度に妊娠がわかっても不思議じゃないでしょ！」

「そ、それはそうだな」

「それよりも言う事あるでしょ」

「そ、そうか。ソフィア、マリア、マーニ、ありがとう。嬉しいよ」

「「「はい」」」

でも、そうなると色々考えないといけない事がある。

まず、いつも僕の護衛で側にいるソフィアだけど、これからは安静にしてもらわないといけない。必然的に、マリアやマーニも赤ちゃんが生まれるまでは、聖域だけの生活になるだろう。

よく見ると、マリアとマーニは二人して何か編み物をしている。赤ちゃん用の靴下なのかな？

「商会の話はアカネと二人で進めるとして、他に問題になってくる事はないかな？」

「タクミ様の護衛はどうしましょう」

ソフィアが真っ先に僕の護衛について聞いてきた。

この世界に来た当初、生産活動をする僕の護衛は必要だった。でも、僕も強くなっているから護衛は必要なのかな。そう聞いてみると、女性陣全員から凄い勢いで叱られた。

「タクミ様は、暗殺されかかった事をお忘れですか？」

「い、いや、忘れてはないかな……」

「なら、護衛は必要なのかなどと言えないはずです」

「……ごめんなさい」

以前にもソフィアやマリアから激怒されたのを思い出したな。素直に謝る。

「旦那様。そもそも、旦那様ほどの方が護衛もなしに街を歩かれるのはおやめになった方がよろしいかと思います」

「僕ほどって、そんな大げさな」

「大げさな話ではありませんよ。聖域のお屋敷は別にしても、ボルトンにも大きなお屋敷を持ち、メイドを何人も雇っているのです。ただの平民で通るとでも？」

「はい、ごめんなさい」

セバスチャンとメリーベルにまで意見された。

そこでふと、セバスチャンが何故ここにいるのか気になった。書類に関してはもらったばかりなので、緊急の案件でもなければボルトンにいるはずだ。

「あれ？　セバスチャンは何か報告かな？」

「報告ではございません。奥様方のおめでたに際して、奥様方のお世話をするメイドの相談をメリーベルとするためです」

屋敷に使用人を何人も雇っているクラスの家では、子供の世話をする乳母みたいな存在がいるのは普通の事らしい。

「ただ、流石に三人一度にとなりますと、追加で人員の確保をしたいと思っています。それについて反対意見はありませんか？」

「あ、ああもちろん、ないよ。僕は初めての事だから、どうしていいのかわからないからね」

情けない話、前世でアラフォーサラリーマンだった僕だけど、子供をもうけた経験はない。まったく未知の体験に、何が必要でどうすればいいのかわからない。

「タクミ、王都のお店で働く人材に関しては、私主導で進めるわ。だから、早いうちにお店に地下室とゲートの設置をお願いね」

「悪いな、アカネ。地下室と転移ゲートは今日中にしておくよ」

「いいのよ。私もソフィア達の赤ちゃんが楽しみだからね。歳の離れた弟や妹が出来るのね」

「ルルもお姉ちゃんニャ」

アカネはルルちゃんとどんな名前にしようかなんて話し始めている。いやいや、名前は僕達が決めるからね……決められるよね。

「では、レーヴァは、お店の倉庫に収める商品を多めに作っておくであります。レーヴァに出来るお手伝いはこれくらいでありますから」

「いつもありがとう、レーヴァ。助かるよ」

レーヴァは早速工房へと向かった。パペック商会に納める分も含めて、頑張って在庫を多めに作っておくらしい。

商会を設立して、王都にお店を出さなきゃいけないのに、もう僕はそれどころじゃない気分だ。一人オロオロしている気がする。

その後すぐに、乳母について相談していたセバスチャンとメリーベルの話が終わったようだ。

「では、旦那様。乳母の人選はお任せください。旦那様と大精霊様方の面接は必要でしょうが……」

メリーベルがそう言った瞬間、その場に大精霊達が現れた。

「それは私達に任せなさい。シルフィード家に連なる血の子供が生まれるんだから、風の大精霊たる私の出番でしょう」

「そう、精霊樹の守護者にして聖域の管理者の子供だもの。乳母の人となりは私達で判断するわ」

「そうよ〜、私も張りきっちゃうわ〜」

「私とニュクスに任せれば、人の善悪を調べるなんて簡単よ」

「……任せて」

シルフ、ウィンディーネ、ドリュアス、セレネー、ニュクスがやけに張りきっている。

「ま、まあ、お願いするよ」

張りきりすぎるのは、それはそれで怖いけど、彼女達が力になってくれるのは嬉しい限りだ。

早速、セレネーがソフィアやマリア、マーニの所に行った。予定日を調べるらしい。

そんな事出来るんだ。

◇

聖域の僕の屋敷は、ここ数日とてもバタバタしている。もちろん全員がそういうわけじゃない。

カエデなんていつも通りマイペースだ。

ただ、僕が仕事に手がつかない状態なので、みんなには迷惑をかけていた。

アカネには王都のお店関係を任せているし、生産関係はレーヴァに任せっきりだ。

そこで大事な事を忘れていたのを思い出した。

「はっ！　ソフィアのお父さんとお母さんに報告しないと！」

そう、ユグル王国に住む、ソフィアのお父さんとお母さんであるダンテさんとフリージアさんに報せていない。

「それも私に任せて大丈夫よ！」

「うわぁ！　何だシルフか、驚かさないでよ！」

ダンテさんとフリージアさんにどうやって報せようかと考えていると、突然、シルフが現れびっくりした。

大精霊だから突然姿を現しても不思議じゃないんだけど、気配察知にも魔力感知にも引っかからないから厄介だ。悪さをしないからいいんだけど。

「じゃあ、行ってくるわね」

「えっ、シルフ自身が行くの？」

「ええ、風の精霊達に任せてもいいんだけど、私ほどちゃんと話せるかわからないもの。自分で行った方が早いわ。じゃあ、いってきます」

そう言うとシルフの姿は、僕の前から掻き消えた。

大精霊が神出鬼没なのはいつもの事だけど、その中でもシルフは特に自由だ。やっぱり風だからかな。

23 お祖母ちゃん、聖域へ

ユグル王国でも南の辺境、いわゆるど田舎の村を治める騎士爵シルフィード家。

森に囲まれたユグル王国の中でも、緑溢れるロケーションにあるこの土地では、その日何故か多くの風の精霊や木の精霊、水の精霊、光の精霊が喜びのダンスを舞い踊っていた。

シルフィード家当主であるダンテは、そうした異変に気がついていた。精霊の姿が多く見えるのはユグル王国なら不思議じゃない。ここは、精霊を崇め深い縁を持つエルフの国なのだから。

しかし、今日ほど精霊が騒ぐ状況は記憶にはない……

いや、一度体験した事を思い出した。それは自分の可愛い娘、ソフィアとタクミ・イルマが聖域で結婚式を挙げた時だ。

ダンテがそう考えていると、フリージアが慌てて走ってきた。

「オイオイ、家の中で走るのは感心しないな」

「ダンテ、それどころじゃないわ。精霊が喜びの舞いを踊っているのよ！　何かあったのよ！」

「それは私も気づいてるが、騒いでいても理由はわからないだろう？　少し領内を見てくるよ」

興奮気味のフリージアを窘めて外へ行こうとした瞬間、途轍もなく大きな気配が出現した。

「シルフ様！」

流石にこの時は、いたずら好きなシルフといえどこっそりと気配を消して現れるなんて事はしなかった。

エルフだからこそわかるその姿。聖域での気ままな態度が嘘のようだ。

「シ、シルフ様、今日はいったいどうしたのですか？」

「フフッ、とりあえずお茶でも淹れてくれないかしら。ああ、クッキーもあると嬉しいわ」

「す、すぐに用意します！」

フリージアが慌ててお茶とお菓子の用意に走る。

「こら！　走るな！　申し訳ありません、シルフ様」

「フフッ、可愛いじゃない。怒っちゃダメよ」

ダンテは緊張しながらも、シルフをリビングへ案内した。


「ふぅ～、なかなかいいお茶ね」

「ありがとうございます。この村で栽培されたものです」

フリージアが淹れたお茶を飲んでくつろぐシルフ。だが、もてなすダンテとフリージアは落ち着かない。何の用があって、シルフがシルフィード領を訪れたのかわからなかったからだ。

「ふぅ、気になっているようだから、早速話そうかしら」

不安そうな表情のダンテとフリージアを見て、シルフは本題に入る。

「今日、この周辺に精霊が普段じゃ考えられないくらいに集まっているのは、気づいているわね」

「「……」」

無言で頷くダンテとフリージア。その様子を、ニコニコと微笑みながら見てシルフは話を続ける。

「精霊達の様子を見れば、悪い事じゃないのもわかったでしょう?」

「「……」」

再び頷く二人。

「おめでとう。あなた達の初孫ね」

「えっ?」

「……」

シルフの言葉に、ポカンとするフリージア。ダンテは、頭がその言葉を拒否するのか、置物のように固まっている。

だが、次の瞬間、フリージアの叫び声が屋敷の中に響き渡った。

「キャァァァァーーーー‼　でかしたわぁソフィア‼」

それからフリージアはシルフに尋ねる。

「ほ、本当なのですか、シルフ様！」

「ええ、本当よ。私がわざわざここまで嘘を吐きに来るわけないじゃない」

「くっ……」

結婚した事で、可愛い娘が人の物になったのは理解していたダンテ。だが娘の妊娠を報され、嬉しさより、何とも言えない父親としての寂しさを感じていた。

そのダンテとは対照的に、フリージアは純粋にただただ嬉しく、シルフの前でも構わずソファーから飛び上がって喜んでいた。

「じゃあ、私はこれで聖域に帰るわね。じゃあね～」

シルフはそう言うと、その場から掻き消えた。

その後、シルフィード家が大騒ぎになったのは言うまでもない。

◆

シルフィード家の屋敷では、フリージアが大きなトランクに入れる荷物を広げていた。

「フフン、ルルルゥ」

「な、なあ、フリージア。フリージアッ！　聞こえているだろう」

鼻歌を歌って荷物をチェストから取り出しているフリージアに、ダンテが困惑気味の表情で話しかけている。

「おい、いい加減にしないか」

「もう、ちょっと静かにしてくれない、ダンテ」

「い、いや、フリージア、どうして荷物をまとめているのかなぁと思ってね」

思わず声を荒らげたダンテに、不機嫌そうにフリージアが言った途端、しおしおと萎れるように勢いのなくなるダンテ。

「荷物をまとめないと、ソフィアの所に行けないじゃない」

「いや、フリージア落ち着いてくれ。シルフ様は妊娠が発覚したと言われたんだ。生まれるのはまだまだ先の話だ」

「わかってるわよ。これでも二人の母親よ、私は。今から行ってソフィアの身の回りの世話をするのよ」

「いや、子供が生まれてからで大丈夫じゃないかな」

ダンテがその一言を言った瞬間、彼はフリージアの背後に鬼の幻影を見た。

「ひっ！」

「……そういえばソフィアの時も、ダーフィの時も、あなたは側にいなかったわね」

「い、いや、あ、あの時は、私も王都の騎士団で忙しく……」

「ソフィアの時は一月後、ダーフィの時に至っては、ダーフィの首が据わった半年後だったわね」

フリージアの氷点下の視線が、ダンテに突き刺さる。女は、何十年経っても昔の事を昨日の事のように覚えているものなのだろう。

「いや、待ってくれ、フリージア。君がソフィアの所に行ったら、私はどうしたらいいんだ。領地を長い時間空ける事は出来ないんだぞ」

「あらっ、行くのはもちろん私だけよ。あなたは私がいなくても大丈夫でしょ」

ダンテが止めるも、フリージアは聞く耳を持たない。

「聖域まで何で行くんだ。昔と比べて安全になったとはいえ、未開地の中ではいつ魔物と遭遇するかわからないんだよ」

「フフッ、馬車の手配はしてあるわ。もちろん護衛もね」

「いつの間に……」

フリージアの手回しの良さに絶句するダンテ。しかし、ここで諦めてはいけないと気を取り直す。

「馬車と護衛の代金はどうするつもりだ」

「あら、そんなの私のポケットマネーから出すわよ」

「へっ？」

「知らなかった？　あなたと結婚する時に、実家が持たせてくれたお金と、私が独身時代に貯めていた分があるの」

「なっ⁉」

シルフィード家の台所事情は決して裕福ではない。法衣騎士爵だった頃ならいざ知らず、領地持ちとなってからは、特に苦労の連続だった。ダンテは、それでフリージアやダーフィに苦労をかけたと思っていた。

ダンテは呆然としながらも、怖々フリージアの貯金額を聞く。

「……ちなみに、どのくらいの貯金があるんだい？」

「フフッ、知らない方が幸せな事が世の中にはあるのよ」

「………………」

その場で膝をつき、ガックリとうなだれるダンテ。

「じゃ、じゃあ、何日出かけるんだい？」

ダンテは何とか気を持ち直し、ガバッと顔を上げて尋ねる。

「あら、決まってるじゃない。最低でも生まれるまで帰らないわよ」

「ちょ、ちょっと、待ってフリージア。ソフィアの予定日は、まだ半年以上先の話じゃないか！」

「フフッ、生まれてからもすぐには帰らないわよ。だって、新生児のお世話は大変なんだもの。気を遣わなくて済む母親の私が手伝うのって、ソフィアはありがたいと思うわよ」

「いや、赤ちゃんの世話は、母親のソフィアにさせればいいじゃないか。イルマ殿の屋敷には使用人もいるだろうし、フリージアが残る必要はないよ」

そうダンテが言った途端、機嫌よく荷造りしていたフリージアの表情から笑顔が消えた。そして、能面のような表情をダンテへ向ける。

「そうよね。あなたはソフィアの時も、ダーフィの時も子育てには、まったく手伝う事なんてしなかったものね」

「い、いや、それは君や乳母の仕事じゃないか」

「高位貴族ならいざ知らず、貧乏騎士爵の家で、子供に専属のメイドや乳母を付ける事が出来たと思っているの？」

「あ、あれ、そうだったっけ？」

フリージアが本気で怒っているとわかり、ダンテの額(ひたい)からダラダラと汗が流れ落ちる。どう機嫌を取ろうかと考えていると、フリージアがピシッとドアの方向を指差した。

「邪魔だから部屋から出ていってくれるかしら」

「ちょ、フ、フリージア……はい」

ダンテは今すぐフリージアの機嫌を直すのは無理だと判断し、大人しく部屋から出ていった。

それを見送ったフリージアは、大きく溜息を吐き、荷造りを再開する。

大きなトランクがいくつも積み上がり、春物から冬物までの服の用意がされていた。

どうやら本当にしばらく帰ってくる気はなさそうだ。

可愛い初孫の顔を見て、本当に戻ってくるのだろうか……

24 手作りは父の愛

シルフがソフィアの両親に妊娠を報せ、その後どうなったのかわからないが、僕、タクミは王都のお店をアカネに丸投げし、工房に籠もっていた。

何をしているかというと……

「タクミ様、どうして錬金術で作らないのでありますか？」

「手作りってところが大事なんだよ」

「そうでありますか。よくわからないであります」

レーヴァには理解してもらえなかったが、そこは気にせず、この世界にあるヤシ科の籐（とう）に似た植物を加工し、手作業で籠（かご）を編んでいる。

太さの違う籐を慎重に編み上げ、完成形は僕の頭の中に完全にイメージ出来ている。

僕が今作っているのは、籐製の揺(ゆ)り籠(かご)だ。

僕が赤ちゃんの頃にはたぶん使っていなかったと思うけど、テレビで見た記憶があり、籠を揺らして赤ちゃんをあやす光景が浮かんだんだ。

試行錯誤しながら、籐を編んでいく。

「なかなか複雑な編み方でありますな。模様が美しいであります」

「ありがとう」

「それでこれと同じ物を三つ作るでありますか？」

「もちろん、そうだよ」

「なるほど、実物があった方が錬金術でしっかりとしたイメージを持てるでありますな」

「えっ、全部手作りするよ。当たり前じゃないか。手作りする事に意味があるんだから」

「……そ、そうでありますか」

レーヴァが納得していないみたいだけど関係ない。我が子に使う道具なんだから、僕が一から作りたいじゃないか。

尖(とが)った部分がないように細心の注意を払う。あわせて、ささくれないようにサンドペーパーも念入りにかけるのは当然だ。

途中、シャルロットに強制連行され、書斎での事務仕事に時間を取られたが、なんとか三つの揺り籠を三日で完成させた。

その事に何故か女性陣は首を傾げていたが気にしない。ソフィアやマリア、マーニまでが「錬金術は？」って顔をしていたけど、関係ない。

王都のお店を丸投げしているアカネには叱られる事が多いが、アカネも王都にゲートで自由に行き来出来るようになって喜んでもいるから大丈夫だよね。


揺り籠を完成させた僕は、次の物を作り始めていた。

「いけない。いけない。真っ先にコレを作らないと」

「今度は何を作るのでありますか？」

僕がぶつぶつと独り言を言いながら木材の採寸をしていると、同じ工房で作業しているレーヴァに聞かれた。

「何って、赤ちゃんが生まれて最初に必要なのは、ベビーベッドでしょう」

「なるほど、それは必要でありますな」

今度は納得してくれたみたいだ。

「もしかして、これも手作業で作るでありますか？」

「もちろんじゃないか」

「はぁ～、タクミ様の錬金術なら一瞬で終わるのに、ご苦労でありますな」

「父親に出来る事なんて少ないからね。このくらいしないと」

ベビーベッドの構造は詳しく覚えているので、作るのは簡単だった。もちろんサンドペーパーは念入りにかけている。

これも当然、同じ物を三つ作る。

流石に構造が簡単なので、三つを一日で完成させた。


そして次の日、またしても僕は工房にいた。

「今日は何を作るでありますか？」

「フッフッフッ、何だと思う？」

何故かレーヴァの顔が呆れているような気もするけど……気のせいだよね。

「さあ、さっぱりわからないであります」

「赤ちゃんとお出かけするならベビーカーが必要だろう」

「ベビーカーでありますか？」

レーヴァは、ベビーカーがわからないみたいだ。

そこで、イラストを描いて説明する。

「なるほど、それは便利かもなのであります」

「でしょ。でも三台作るか、三人が乗せられる物を一台作るか、どうしようか考えているんだ」

「三人を乗せるのは大きくなりすぎるのでは？」

「そうだよね。一台一台、別に作るか」

日本で売られているベビーカーは、新生児から使えるタイプの物と、少し大きくならないと使えないタイプとがあった。首が据わっていない新生児に近い赤ちゃんは、ほぼフラットな籠に乗せないと危ないからだったと思う。

僕が作るのは当然、新生児から使え、さらに籠を取り替えて、ある程度成長しても長く使えるものだ。

「およ？　手作りじゃなかったのでありますか？」

「は、ははっ、臨機応変だよ、レーヴァ」

ごめんなさい。流石にこれは錬金術のお世話になりました。手作りなんて無理でした。

◇

揺り籠、ベビーベッド、ベビーカーを作ったところで、僕は大事な物を忘れていた。

それは、赤ちゃんが毎日いくつも使う物。

「紙オムツを作ろう」

そう、紙オムツだ。

この世界のオムツは、当たり前だけど布オムツだ。

昔の日本もそうだったらしいが、布オムツは洗って使うのが大変だ。もちろん、この世界には浄化魔法があるから比較にはならないけど、浄化魔法を使える人間は多くない。

珍しい事が、僕の周りには光属性の適性があり浄化魔法を使える人間が、僕とアカネ、レーヴァと三人もいる。だから布オムツでも大丈夫かもしれないけど、赤ちゃんが快適かは話が別になる。

「紙オムツでありますか？」

また何か変な物を作ろうとしているって目で見ないで、レーヴァ。

「そう、オムツは使い捨ての方が、母親は楽だろうからね」

「確かにオムツを洗ったりするのは大変でありますが、紙で大丈夫でありますか？」

「その辺は大丈夫なんだよ。レーヴァも紙は作り方によって案外丈夫なのは知っているだろう？」

「確かにそうでありますが、紙じゃほとんど水分を吸収しないでありますよ」

「その辺も考えてあるから大丈夫だよ」

僕は前世で結婚経験はなかったが、甥（おい）っ子や姪（めい）っ子のオムツを替えた経験はある。その時、紙オムツの優秀さに感心したのを覚えている。

他にも砂漠の緑化に紙オムツの技術が使用されているなんてテレビでも見た記憶がある。確か高分子吸水ポリマーとかいったっけ。

とはいえ、高分子吸水ポリマーの成分や組成はわからない。

じゃあ諦めるのか、なんて事はない。そこは剣と魔法のファンタジー世界。代わりになる物は探せばあるもので、これがまたファンタジーの王道というべきヤツが役立った。

「じゃ～ん、これを使います」

「半透明のビーズでありますか？」

「そう見えるけど違うんだ。これはスライムさ」

「スライムでありますか？」

「そう、雑魚(ざこ)も雑魚、子供でも棒切れ一本で倒せる魔物のスライムさ」

スライムは、その透き通る身体の中に核を持ち、その体組織のほとんどが水分で構成されているクラゲのような魔物だ。

このスライムを乾燥させるとほんの少し残るのが、この半透明のビーズのような物だ。

「よく見ててね」

ガラスの瓶に入った、ビーズのようなスライム素材に水を加える。

「お、おお！　凄いでありますな！」

「でしょ。驚きの吸水率だろ？」

ガラスの瓶にほんの少しだけ入っていたスライム素材のビーズは、水をどんどん吸収した。

「あの量でそれだけ吸収するのでありますか。これは使えるでありますな」

「だろ。これなら赤ちゃんのオシッコなら数回分くらいは吸水して漏らさないと思っているんだ」

「これは面白いであります。レーヴァも手伝っていいでありますか？」

「レーヴァが手伝ってくれるのは大歓迎さ。柔らかい紙の開発や、このスライム素材をどういう形で使うのかなんて課題もあるからね」

レーヴァが開発に協力を申し出てくれて助かった。一人より二人の方がアイデアを持ち寄れるし、作業のスピードも上がるしね。


それからレーヴァと二人で色々な実験を繰り返す。

肌触りの良く、水を通さず空気を通す紙素材の開発。ウエスト部分の伸縮素材と止めるテープの開発。各部位の伸縮具合の調整。どの程度スライム素材を配合すると、水分が漏れないかなど。特にスライム素材の配合は、何種類も試作品を作って実験した。

「タクミ様、これは錬金術じゃないと面倒じゃないですか？」

「もちろん、紙オムツは大量に必要だから、完成品は錬金術で作るよ。サイズ違いも作らないとダメだからね」

「おお！　赤ちゃんは成長するのでありますな！　流石タクミ様であります！」

「いや、大げさだからね。そんなの誰でも気づくからね」

とにかく紙オムツは、大量に必要なのは知っていた。よくドラッグストアで両手に紙オムツの袋を持ったお母さんを見ていたからね。

そして、レーヴァと二人がかりで紙オムツを完成させた。

「やりましたね、タクミ様！」

「ありがとう、レーヴァ。おかげで完成したよ」

「これはぜひとも売り出すべきであります！　世のお母さん方のためになるであります！」

「うっ、売るの？」

販売するとなると、これは市場が大きいから大変な気がする。いや、確実に大変な事になる。

「ま、まあ、レーヴァ、先に使用済みオムツを捨てる魔導具を作らないと」

「へっ？　魔導具でありますか？」

「うん、ゴミ箱に浄化の魔導具を付けた物を作らないと」

「おお！　それは必要でありますな」

「だろ、だろ」

ごまかせたかな。育児用品まで手を出したら大変だよ。販路を持つ商会じゃないと扱えないから、パペックさんは喜ぶだろうけど。

紙オムツが完成し、各種サイズを大量生産したあと、お尻拭きも必要じゃないかと思いつく。

この世界の人達はどうしているんだろう。やっぱり布を濡らして使っているのかな。ただ、ゴミが増えるのはあまり良くないな。資源の問題もある。

「ねえ、そういえばティッシュって必要かな？」

リビングで休憩していた時、みんなに聞いてみた。

「ああ、ティッシュね」

「ティッシュって何ニャ？」

アカネは日本人だから知ってるけど、ルルちゃんはわからないみたいだ。僕はルルちゃんを含め、全員にティッシュがどんな物か説明した。

「もの凄く今さらなんだけど、あれば嬉しいわね」

「もったいない気もしますが、あればありがたいと思います」

「私もありだと思います」

「聖域限定なら問題ないと思いますよ。私も使いたいですし」

アカネ、ソフィア、マリア、マーニと、全員が欲しいと意見が一致した。ただマーニが言ったように、念のため聖域限定にした方がいいという事になった。

「生まれてくる子には、快適な環境を整えてあげたいですからね」

「うん、私もそう思うわ」

「兎人族の貧しい集落では、劣悪な環境で子育てをするのが当たり前でしたけど、私も子供にはいい環境で育ってほしいと思います」

ソフィアもマリアもマーニだって、自分の子供には自重せず、出来る事はすべてしようと思っているみたいだ。

これから聖域で生まれる子供のためにもなるから、赤ちゃん関係の物は何でも作ろうと決めた。

25 フリージアさん参上

ソフィア達とお茶を飲みながら雑談していると、シルフが急に現れた。

「うわぁ、来るなら玄関から来てよ」

「急いでいるのよ。ソフィア、あなたの母親が来るわよ」

「えっ……母上が？　来るとは？」

突然シルフに告げられ、ソフィアが珍しく混乱している。

「ここに来るに決まっているじゃない」

シルフの話では、ソフィアの母親フリージアさんは、ソフィアの妊娠をシルフから報され大喜びし、そのまま急いで荷造りすると、聖域へと出発してしまったという。

「聖域周辺の魔物が減っているとはいえ、危ないんじゃないですか？」

「ちゃんと護衛を雇ってくるみたいだから大丈夫だと思うわ。もしフリージアに危険があれば、私がタクミを連れていけばいいだけでしょ」

「何なら迎えに行こうか？」

「そうね、護衛や馬車の馭者は聖域に入れるかわからないものね」

僕とシルフが話していると、ソフィアが申し訳なさそうに言う。

「タクミ様、申し訳ありません」

「なに、僕の義母でもあるからね」


その後すぐに僕は屋敷を出ると、アイテムボックスから馬車を取り出し、亜空間からツバキを呼び出した。

『ブルルルゥ』

嬉しそうに鼻先を押しつけてくるツバキを馬車に繋ぎ、シルフとカエデと一緒に走り出す。

「ツバキ、フリージアさんの馬車を迎えに行くよ。そんなに速く走らなくてもいいからね」

『了解、マスター』

聖域の中をゆっくりとした速度で走るツバキが、聖域を出た途端その速度を上げた。ツバキ的には軽く流している程度だろうが、魔馬が引く馬車に比べてもかなり速い。

「あっ、馬車が見えてきたわね。随分と無理して急いできたのかしら」

シルフが指差した先に、一台の馬車が走ってくるのを発見した。

「本当だ。あの馬車にフリージアさんが乗ってるんだね」

「ええ、間違いないわ」

ツバキの引く馬車が近づくと、向こうから走ってくる馬車が速度を落として停まった。

僕が馬車を降りると、向こうの馬車から護衛の冒険者らしきエルフが降りてきて、そのあとにフリージアさんが顔を見せた。

「ご無沙汰しています、フリージアさん」

「タクミちゃん！　でかしたわ！」

「タ、タクミちゃん⁉」

いきなりのタクミちゃん呼びに驚く僕を、フリージアさんがガバッと抱き締める。

「それで、わざわざ迎えに来てくれたの？」

「はい。シルフからフリージアさんが近くまで来ているって聞きましたから」

「まあ！　シルフ様、ありがとうございます！」

シルフは、フリージアさんに淡々と告げる。

「いいから、荷物を出しなさい。ここからはタクミの馬車で行くわよ」

「はい。すぐに用意します！」

「ほら！　あなた達もボォッとしない！」

「「はっ、はい！」」

護衛達はシルフが姿を見せた途端固まっていたが、荷物の移動を早くしろと急かされ、慌てて動き出す。

ごめんね。精霊って自由でワガママなものだから。

僕も荷物の移動を手伝い、ユグル王国から来た馬車はウェッジフォートへ、僕達は聖域へとその場で別れた。

ツバキの引く馬車の速度なら、聖域まですぐだ。

僕としてはフリージアさんの乗ってきた馬車を、宿泊施設のある区画までなら入れてもいいと思っていたんだけど、前例を作るのは良くないとみんなに言われた。門を護るのは特別製のゴーレムだし、出島のような区画には、巡回する警備ゴーレムもいるから問題はないと思うけど、このあたりの事で僕の意見は通らない。

出島区画と聖域を遮(さえぎ)る門を抜け、聖域の中心部へと進む。

ここには僕の屋敷、ミーミル様の屋敷、それと大精霊用の屋敷を除けば、教会や音楽堂などの公共の施設が多い。

一度結婚式でここまで入った事のあるフリージアさんだが、前回は周りを見る余裕がなかったのか、馬車の窓から見える景色を食い入るように眺めていた。

「改めて見ると凄いわね、聖域は。私は自然に囲まれたユグル王国の人間だけど、これなら上手くやっていけそうよ」

「上手くやっていけそう？」

フリージアさんが興奮気味に話しているけど、何か気になる事を言ってた気がする……

馬車が屋敷に到着し、ソフィア達が出迎えてくれた。

「ソフィアーー！」

バンッと扉を開け、馬車から飛び出したフリージアさんがソフィアに抱きつく。

「は、母上っ、落ち着いてください」

「でかしたわソフィア！　私もとうとうお祖母ちゃんになるのね！」

興奮しておかしなテンションのフリージアさん。そんな母親の姿を初めて見たのか、ソフィアは困惑している。

「下半身は冷やしてない？　栄養はバランス良く摂れてる？」

「は、母上、恥ずかしいから落ち着いてください！　タクミ様や皆が見ています！」

「あら、やだ、私ったら……」

フリージアさんが周りを見る。そしてシルフが呆れた顔をして見ていたのに気がついて――

「シ、シルフ様！　お見苦しいところをお見せしましたぁ！」

土下座する勢いでシルフに謝罪し始めた。

「……とりあえず、中に入りましょう」

「そうだね。フリージアさん、入ってください」

「母上、こちらです」

「僕は荷物を持っていくから先に行ってて」

ソフィアがフリージアさんを家の中に案内する。僕はその間に、フリージアさんの荷物を馬車からアイテムボックスへと移動させた。


僕がリビングに戻ってくると、何故かソフィアとフリージアさんが言い合っていた。

「正気ですか、母上！」

「お母さんに、その言い方は酷いじゃない！」

「酷くありません！　父上はよく許しましたね！」

「ダンテは関係ないわ！」

えっと、ダンテさんの許可なく来たの？

どういう事なのか、マリアに聞いてみる。

「えっと、どうなってるの？」

「その、フリージアさん、ソフィアが赤ちゃんを産んで、落ち着くまで帰らないって言ってるようで、ソフィアがそれを聞いて……」

「いや、産むまでだけでも半年以上先の話だよね」

ソフィア達の出産予定日は、光の大精霊セレネーが診断してくれ、三人ともあと半年後くらいだとわかっている。

僕は恐る恐る尋ねる。

「あ、あの、フリージアさん」

「あら、ごめんなさいね、タクミさん」

「いえ、その、フリージアさんは、ソフィアが出産する日まで、ここにいるって事ですか？」

「あら、ダメかしら？」

「い、いいえ、ダメじゃないですけど……」

「なら大丈夫ね。お婿さんの許可も取れたんだし」

「母上！」

とりあえずソフィアを落ち着かせる。

「ソフィア、興奮しちゃダメだよ」

「……申し訳ありません」

そこへ、アカネが口を挟んでくる。

「まあ、来ちゃったものは仕方ないわね。いつ帰るのかは、あと回しで良いじゃない」

「はぁ、部屋はどうしようか」

アカネが言うように、とりあえず帰る帰らないの話はあと回しにしよう。とにかくフリージアさんにどこで寝泊まりしてもらうかだな。宿泊施設に泊まるのは納得しそうにないからね。

「タクミ様、この際増築しちゃうであります」

「はぁ、そうしようか。レーヴァも手伝ってくれるよね」

「内装と家具は手伝うでありますよ」

「助かるよ……ソフィア、興奮しないようにね」

最近、エリザベス様も頻繁にこの屋敷に泊まっているので、空いている部屋がなかった。なので ちょっと強引だけど、レーヴァの提案通りに増築する事にした。ちなみに、エリザベス様は宿泊施設とこの屋敷を交互に使っている。王都には帰る素振りも見せない。

アイテムボックスから石材や木材を取り出し、イメージを固めて一気に錬成。一階と二階を合わせて四部屋増やした。壁を分解して、繋ぎ目をなくしておく。

あとは、レーヴァと手分けしてベッドやクローゼット、その他もろもろを手早く作ってしまう。

本気で半年以上も滞在するつもりなのだろうか？　ダンテさんが可哀想だ。

26　赤ちゃん用品は引っ張りだこ

突然聖域を訪れたフリージアさん。しかもソフィアが出産するまで居座る事がわかって、仕方なく部屋の増築をした。

そのフリージアさんだけど、まだ出産予定日までは時間もある。当然何もする事がないからか、シャルロットを訪ねてくるエリザベス様とお茶を飲む姿をよく見かける。

本当にダンテさんは納得しているんだろうか？　一度ソフィアに手紙でも書いてもらい、確認しておいた方がいいかもしれない。

僕はといえば、生まれてくる子供達のためのもろもろの開発も一段落したので、目を背けていた王都のお店の件を手伝わないといけない。

◇

王都の商業区、お店の中には商品が並べられている。倉庫にも在庫が大量に入れられ、もういつ開店しても大丈夫な状態だ。

商品は当初の予定通り玩具が中心だ。

トランプ、麻雀、リバーシ、卓球、ビリヤード、ダーツと、受注生産の物から気軽に買える物まで、色々と取り揃えた。

その店の中で忙しく動き回る若い青年と少女が四人。彼らはパペック商会からの出向だ。

一から従業員教育を始めるのには、時間がかかりすぎるからと、パペックさんが自分の商会の従業員の中から希望者を募り、狭き関門をくぐり抜けた四人らしい。

お店の奥にあるソファーが置かれたリビングスペースで、僕はアカネとパペックさんとお茶を飲んでいた。

「それにしても三人一緒におめでたとは、楽しみですが、大変でもありますな」

「いや～、僕もびっくりですよ。未だに実感が湧かないんですけどね」

「男親なんてそんなものです。タクミ様も子供が生まれて顔を見れば実感が湧くものですよ」

「それにしても、丸投げは酷いんじゃない？」

パペックさんから、父親の先輩として話を聞いていると、アカネがチクリと嫌味を言う。

「悪かったと思ってるよ」

「本当かしら。まだまだ先なのにベビーベッドや紙オムツを作ってたって聞いてるわよ」

「うっ、ほ、ほら、準備は早い方がいいと思うからさ」

「少しお待ちください。紙オムツとおっしゃいましたね。アカネ様、紙オムツとはどういった物でしょう？」

「「あっ」」

話の流れでポロッと溢れたワードに目ざとく食いつくパペックさん。僕とアカネはしまったと思うも、時既に遅しだった。

「はぁ～、わかりました」

パペックさんの商売人の視線に、諦めの溜息を吐く。

「オムツといえば布で作るのが普通だと思いますが、子育てに忙しい母親の仕事を減らしたいと思って、使い捨ての紙オムツを作ったんですよ」

「おお！　なるほど！　使い捨てなら継続してオムツを売る事が出来ますな。タクミ様の事ですから、それだけではございますまい」

「はぁ～………」

その後、紙オムツの性能に関して詳しく説明させられ、紙オムツ専用の浄化と分解機能付きゴミ箱や、ソフィア達の妊娠発覚後に作った物をすべて白状させられた。

ベビーベッドや揺り籠は、この世界にも普通に存在していたので、パペックさんの食指も動かなかったが、お尻拭きとベビーカーはもの凄い食いつきを見せた。

「紙オムツとお尻拭きはセットで売れますな。ベビーカーは貴族向けに売れそうです。紙オムツとお尻拭きは無理ですが、ベビーカーは我が商会の工房でも大丈夫そうですな」

「他商会の妬みを躱すために僕らは商会を設立したんじゃ……」

「それはそれ、これはこれでございます。私が玩具類の販売をどれほど断腸の思いで諦めたか……」

「いや、うちから仕入れて地方や他国で売るんですよね」

ここの玩具も、販路のない僕らは他の街や国では売らない。だからパペックさんが自分の商会が持つ販路を使って商売する事になっていた。

まあ、これはロックフォード伯爵の商会にも販売する事になるんだけど。

何が言いたいかと言うと、玩具類の販売を断腸の思いで諦めたなんて大嘘だ。製造から関わらないだけで、利鞘（りざや）を稼ぐのは変わらないんだから。

結局、紙オムツとお尻拭き、ベビーカーはパペック商会の販路に乗る事になった。

手作りじゃないのが気が楽だけど、仕事が増えた事には間違いない。

その代わりと言ってはなんだが、この店の店長（仮）に、パペック商会の番頭候補の中から希望者を募り、任せる事になった。アカネはその店長の上の相談役兼会頭になるんだって。

王都に頻繁に来る機会があれば、服飾関係のデザインのアイデアも湧くかもと言っていた。アカネは手先が不器用だからデザインだけだけどね。

27　家にいづらいのは何故？

僕の子供のために作ってあった、大量の紙オムツ各種サイズを王都のお店の倉庫に移すと、僕は聖域へ戻った。

各サイズの紙オムツと、お尻拭きの追加生産をしないといけないからだ。どのくらいの量が売れるのかわからないけど、腐る物でもない。パペックさんは必ず富裕層に売れると言い、大量の在庫を用意するように言っていた。

そんなにスライムの在庫がないのに……また子供達を連れてスライム狩りに行かないとな。

スライム自体は子供でも倒せる魔物だ。僕達の護衛付きで未開地にある魔境でスライム狩りを子供達と行った事もある。

また同じように出掛けるかなぁ。子供達も遠足気分で楽しそうだったし、何よりワッパ達はシーサーペント相手にパワーレベリングしているから、弱い魔物ならそう危険はなかったりする。

そんな事を考えながら地下の転移ゲートから一階に上がり、一休みしようとリビングに行くと、何故かエリザベス様とフリージアさん、それと知らないエルフの女性がお茶を飲んでいた。

思わずUターンして二階の書斎に逃げ込む。

「あっ、タクミ様、お帰りでしたか？」

「ちょうど良かった。目を通してもらいたい書類が溜まってます」

「……サインください」

当然、部屋にいたシャルロット、ジーナ、アンナに捕まってしまった。

「タクミ様、それとは別に、申し訳ございません」

「えっと、エリザベス様の事だよね」

「はい。いい加減に王都へ帰ってくださいと言っているのですが……」

「居着いちゃったね」

「はい……」

エリザベス様はいつ王都に帰るのか？　このまま聖域で暮らすんじゃないか？　と思わせるくらいに普通に過ごしている。聖域に出入り出来るパペック商会に頼み、どうやら王都から色々と荷物を運ばせるらしい。それってもう引っ越しだよね。

「まあ、それはいいんだけど、いや、よくないか。それより下に知らないエルフの女性がいたんだけど、誰だか知ってるかな？」

初めて見る顔なのは間違いないと思うのだけど、でも何故か初めて会った気がしないんだよな。

「ああ、ルーミア様ですね」

「ルーミア様？　誰それ……何だか聞きたくないような……」

「ミーミル様のお母様ですよ」

「ミーミル様のお母様!?」

「はい」

「それって、ユグル王国の王妃じゃないか！」

頭が痛くなってきた。どうしてユグル王国の王妃がうちのリビングにいるんだよ。初めて会うはずなのに、変な違和感があった理由がわかった。

そう言われれば、ミーミル王女とよく似ている。

僕が困惑しているとドアがノックされ、入室の許可を出すと、そこにメリーベルに案内されたミーミル王女が深々と頭を下げて謝っていた。

「……申し訳ございません」

「えっと、頭を上げてください」

「どうぞおかけください」

ミーミル王女に、書斎に置かれたソファーを勧める。

「王妃様は何か用があって来られたのですか？」

「いえ、最近私が国にいる事が少ないのも悪かったのでしょう。お母様が私だけ聖域で楽しそうに暮らすのはずるいと言い出したらしく。周囲の反対を押しきって出てきたらしいのです」

「うわぁ～～」

何てアクティブな王妃様だ。

「ユグル王は何と？」

「お父様にお母様を止める気概はありません。逆らえませんから」

「ああ……それでどうしてうちなんですか？」

名誉爵位だけど貴族家の当主であるエリザベス様と、騎士爵だけど一応貴族家の当主夫人のフリージアさん、そこにユグル王国の王妃って、何の罰ゲームなんだよ。

「申し訳ございません。お母様も、エリザベス様やフリージア様とお茶を飲みながらお話しするのが楽しいようで……」

それなら、ミーミル様の屋敷でもいいような気もするんだけど……

そう思っていると、メリーベルが話の補足をしてくれた。

「旦那様、ルーミア様はソフィア様のお子様が生まれるのを楽しみにしているようです」

「えっと、それが僕の家で集まる理由にはならないと思うけど？」

「フリージア様やエリザベス様と、生まれてくる子供の名前はどうしようなどと楽しそうにお話しされています」

いや、それはいいんだけど、僕の家で集まる必要はないよね。

「我がイルマ家は、お茶請けのお菓子が他とは違いますから」

「ああ、なるほど……」

僕はガックリと肩を落とす。

「あれ？　ちょっと待って。子供の名前って、僕達が考えるものだよね」

「申し訳ございません。イルマ様もエルフに子供が生まれにくい事はご存知だと思います。お母様はフリージア様が羨ましいのだと思います」

「そういえば、エルフのソフィア様のお子様は、ユグル王国の王妃である私の孫も同然などとおっしゃってましたね」

「なっ⁉」

ルーミア・ヴァン・ユグル、常識人のミーミル様と親子だとは思えないほど、ブッ飛んだ人みたいだ。

あれ？　もしかして生まれるまでいるのか？

ミーミル様からルーミア王妃……いや、ルーミア様って呼ばないと叱られる。そのルーミア様が少なくとも半年以上は聖域に滞在する事を知らされた。

現在、ジーナとアンナの文官娘二人に、仕事の邪魔はするなと鋭い視線を受けながら、書斎では緊急会議が開かれていた。

参加者は、僕とソフィア、シャルロットとミーミル様の四人だ。

「さて、まずは問題点を挙げていこうか」

「はい。では私から」

シャルロットが手を挙げて話し始める。

「ご存知だと思いますが、私は既に貴族家の息女ではなく、イルマ家の文官担当です。タクミ様のおかげで、お母様と再会出来たのは嬉しいのですが……まさか居着いてしまうとは……」

「だよね。パッカード子爵もなかなか帰らなかったけど、エリザベス様は素振りも見せないもんね」

エリザベス様が本格的に住み着きそうだ。聖域のドワーフやエルフの職人と相談して、家具や日用品、服などを調達していると聞いた。あえて僕達に頼まないところに本気さを感じる。

まあ、住む場所はこの家みたいだけど……

「お母様は、既に宿泊施設をチェックアウトしたようです」

「部屋の方は着々と荷物が整っていってるものね」

「申し訳ありません」

「それについては、私の母のせいでもありますから」

ソフィアが言うように、エリザベス様がこの家に住み着くきっかけは、フリージアさんのために部屋を増築した事だった。一部屋だけ増築するのも何なので、一階と二階を併せて四部屋増やしたんだけど、空いている部屋があるなら私も娘の側で暮らしたいと言い出した。今は客間から新しく作った部屋に移っている。

「名誉爵位って、仕事ないんだね」

「いえ、普通は何がしかの仕事はあるのですが、お母様は特例ですね。事情が事情ですから」

「それもそうか」

聖域で暮らすエリザベス様だけど、退屈じゃないのかな。それをシャルロットに聞いてみると驚きの答えが返ってきた。

「遊戯室やボウリング場に音楽堂、それに大教会でのお祈りと、それだけでも日々楽しんでいるみたいですけど、お母様がここに居着くきっかけはソフィア様達の懐妊(かいにん)です」

「えっと、どういう事？」

「お母様は赤ちゃんのお世話をしたいようです」

「えっ、意味がわからないんだけど……」

シャルロットの話では、エリザベス様は子供好きだけど、自分の子供はシャルロット一人だけ、それが不満だったそうだ。

そういえば、この世界の人達は大家族が多いからね。それは貴族も農民も同じだ。

「……はぁ、貴族家の当主が乳母をするって？」

「はい。ここなら周りの目も関係ありませんから」

本当はシャルロットの子供、孫が欲しいんだろうけど、それはすぐには無理なのはエリザベス様もわかっている。だからソフィア達が産んだ子のお祖母ちゃん代わりになろうと思っているようだ。

「私の母上は初孫なのもあるのでしょうが、帰る気があるのかどうか……」

「フリージアさんは、生まれてもしばらくいそうだね」

フリージアさんの方は自分の娘が産む最初の子供なので、嬉しいのはわかる。ダーフィはまだ独り身だしな。

「そうなると、問題はルーミア王妃だな」

「申し訳ございません。お母様が頻繁に聖域に来るとは思っていたのですが……まさか自分の侍女を連れて長期滞在するなんて……」

ミーミル様もルーミア王妃の行動に頭を痛めているようだ。何度となく帰るように言っていたようだが、ダメだったらしい。

「私のお母様は第一王妃で、私と兄上の二人の母なのですが、兄が生まれたのは百年も前ですし、私もエルフとしてはつい最近と言えるのでしょうが……」

「もしかして、うちの子を抱きたい？」

「はい。どうやらフリージア様が羨ましいらしく……」

「えっと、どういう事？」

「国民は、お母様にとって子も同じ。ならフリージア様の孫もお母様の孫も同じと……」

「無茶苦茶な論理ですよ」

「はい。こじつけです」

「うわぁ～」

ユグル王国の王室で暮らすと、小さな子供と触れ合う機会はない。ただでさえエルフは子供が生まれにくいので、他人の子供でもいいから赤ちゃんを抱きたいらしい。

「ふぅ、で、結局？」

「赤ちゃんのお世話は任せて、だそうです」

フリージアさんはギリわかるけど、貴族家当主と王妃が乳母代わりをするつもりらしい？

……ダンテさんとユグル国王に手紙書かなきゃ。

Webにて好評連載中! アルファポリス 漫画 検索 コミックス絶賛発売中!

泣いて謝られても教会には戻りません!

追放された元聖女候補ですが、同じく追放された『剣神』さまと意気投合したので第二の人生を始めてます

婚約破棄され追放されたけど…

実は神様の癒しの力、持ってました!?

アルファポリス 第13回 ファンタジー小説大賞 **大賞** 受賞作!

根も葉もない汚名を着せられ、王太子に婚約破棄された挙句に教会を追放された元聖女候補セルビア。

家なし金なし仕事なしになった彼女は、ひょんなことから『剣神』と呼ばれる剣士ハルクに出会う。彼も「役立たず」と言われ、貢献してきたパーティを追放されたらしい。なんだか似た境遇の二人は意気投合!

ハルクは一緒に旅をしないかとセルビアを誘う。

——今まで国に尽くしたのだから、もう好きに生きてもいいですよね?

彼女は国を出て、第二の人生を始めることを決意。するとその旅の道中で、セルビアの規格外すぎる力が次々に発覚して——!?

神に愛された元聖女候補と最強剣士の超爽快ファンタジー、開幕!

◉定価:1320円(10%税込)　◉ISBN:978-4-434-29121-0　◉Illustration:吉田ばな